梦与现实

中国青年出版社

目　　录

水流虽然比起上游来已经从群山之中解放了，
但依然相当湍激，
因此颇有放纵不羁之概。

峨眉山下

我的故乡是在峨眉山下,离嘉定城有七十五里路。大渡河从西南流来,在峨眉山的第二峰和第三峰之产打了一个大弯,又折而向东北流去。因此我的家所在地,就名叫沙湾。地在山与水之间, 太阳是从渡河的东岸出土, 向峨眉山的背后落下去。

山很高,除掉时为浓雾所隐藏,或冬天来很早就戴上雪帽之外,一片青苍,没有多么大的变化。

水流虽然比起上游来已经从群山之中解放了, 但依然相当湍激,因此颇有放纵不羁之概;河面相当辽阔,每每有大小的洲屿,戴着新生的杂木。春夏虽然青翠,入了冬季便成为疏落的寒林。水色,除夏季洪水期呈出红色之外,是浓厚的天青。远近的滩声不断地唱和着。

外边去的人每每称赞这儿的风景很好。有山有水,而且规模宏大,胜过江南。论道理是该有它的好处,但不知怎的,我自己并不感觉着它的美。这或许是太习惯的原故吧?我到十三岁下乐山城读书为止,每天朝夕和它相对,足足十三年,怕因此使我生出了感觉上的麻木吧?

真的,就是现在,我对于它也没有留恋。旧时代的思乡情绪,在我是完全枯涸了。或许是不应该,但我不想掩饰。倒是乐山城的风物，多少还有使我留恋的地方，那便是乌尤山附近和那对岸的大坝。其所以使我留恋者倒并不因为故，而是因为新。

我在乐山城住小学、中学，一共住了四年，奇妙的是和城仅隔一衣带水的乌尤山，我却一次也不曾去过。

乐山城本身并没有什么好处。虽然王渔洋[①]说过“天下之山水在蜀，蜀之山水在嘉州”[②]，但这所说的应该不是指的城的本身吧。

大渡河和南下的岷江在城的东北隅合流而东行，和城相对的北岸有凌云山、乌尤山、马鞍山，鳞次而立，与西南面的峨眉三峰遥遥相对。在凌云山上有唐代韦皋镇蜀时海通和尚所凿成的与山等高的石佛，临江而坐。山顶又有苏东坡的读书楼。因此这个地方一向便成为骚人墨客所好游的名地。

乌尤山本名乌牛山，以山木葱茏、青翠之极有类于乌，而形则似牛，故名乌牛。一说秦时蜀郡太守李冰所凿离堆即此。它是与岸隔绝了的一座孤耸的岛屿。由乌牛而乌尤，是王渔洋使它雅化了的。山上有乌尤寺，有汉代郭舍人注《尔雅》处的尔雅台。论山境的清幽，乌尤实在凌云之上。

奇怪的是我在乐山读书的四年间，正是我十三岁至十六七好游的少年时期，我虽然常常往游凌云，而却不曾去乌尤一次。游乌尤，是在抗战期中回乡，离开了故乡二十六年后的一九三〇年。凌云是彻底俗化，而且颓废了。石佛化了装，一个面

---

① 王渔洋，即王士祯（1634—1771），号渔洋山人，山东新城（今山东桓台）人。清代诗人。著有《带经堂集》《池北偶谈》等。

② 作者原注：乐山县旧为嘉定府的首县，故古时对称嘉州。

孔被石灰涂补得不成名器。东坡楼住着些散兵游勇。洗砚池是一池的杂草。但乌尤山却给予了我新鲜的感触。毫无疑问,是要感谢我是第一次的来游。

乌尤寺同样带着浓厚的俗气,并不佳妙。但山的本身好,树木好,山道好。尔雅台在危崖头,下临大江,在林深箐密中只能听得下面的滩声,而看不出流水,那也恰到好处。我就喜欢这些。晚间或凌晨,在那山下浮舟,有一种清森的净趣,也很值得玩味。

王渔洋所赏识的应该是这些地方吧? 只有这些还使我有些系念。那山对岸的胡家坝,一片空阔也令人有心胸开朗之感。但这情趣也是我在一九四〇年回乐山时才领略了的,学生时代也不曾前去玩味过。

假使要把范围放宽些,乐山城也应该可以说是我的故乡。但不应该得很,我对于它怎么也引不起的怀乡病了。是我自己的感情枯涸了吗? 还是时代使然呢?

峨眉山对我倒还保持着它的神秘性。我虽然在那山下活了十几年,但不曾上过山去。因此它的好处,实在我也不知道。专为好奇心所驱遣,如有机会去游游金顶,我倒也并不反对。峨眉山之于我,也仿佛泰山之于我一样了。

芭蕉花

这是我五六岁时的事情了。我现在想起了我的母亲，突然记起了这段故事。

我的母亲六十六年前是生在贵州省黄平州的。我的外祖父杜琢章[①]公是当时黄平州的州官。到任不久，便遇到苗民起事，致使城池失守，外祖父手刃了四岁的四姨，在公堂上自尽了。外祖母和七岁的三姨跳进州署的池子里殉了节，所用的男工女婢也大都殉难了。我们的母亲那时才满一岁，刘奶妈把我们的母亲背着已经跳进了池子，但又逃了出来。在途中遇着过两次匪难，第一次被劫去了金银首饰，第二次被劫去了身上的衣服。忠义的刘奶妈在农人家里讨了些稻草来遮身，仍然背着母亲逃难。逃到后来遇着赴援的官军才得了解救。最初流到贵州省城，其次又流到云南省城，倚人庐下，受了种种的虐待，但是忠义的刘奶妈始终是保护着我们的母亲。直到母亲满了四岁，大舅赴黄平收尸，便道往云南，才把母亲和刘奶妈带回了四川。

---

① 杜琢章(1814—1857)，号宝田，四川乐山县人。咸丰二年(1852年)进士，历任贵州省广顺等县县官。咸丰七年(1857年)死于黄平任内。

母亲在幼年时分是遭受过这样不幸的人。

母亲在十五岁的时候到了我们家里来，我们现存的兄弟姊妹共有八人，听说还死了一兄三姐。那时候我们的家道寒微，一切炊洗洒扫要和妯娌分担，母亲又多子息，更受了不少的累赘。

白日里家务奔忙，到晚来背着弟弟在菜油灯下洗尿布的光景，我在小时还亲眼见过，我至今也还记得。

母亲因为这样过于劳苦的原故，身子是异常衰弱的，每年交秋的时候总要晕倒一回，在旧时称为“晕病”，但在现在想来，这怕是在产褥中，因为摄养不良的关系所生出的子宫病罢。

晕病发了的时候，母亲倒睡在床上，终日只是呻吟呕吐，饭不消说是不能吃的，有时候连茶也几乎不能进口。象这样要经过两个礼拜的光景，又才渐渐回复起来，完全是害了一场大病一样。

芭蕉花的故事是和这晕病关连着的。

在我们四川的乡下，相传这芭蕉花是治晕病的良药。母亲发了病时，我们便要四处托人去购买芭蕉花。但这芭蕉花是不容易购买的。因为芭蕉在我们四川很不容易开花，开了花时乡里人都视为祥瑞，不肯轻易摘卖。好容易买得了一朵芭蕉花了，在我们小的时候，要管两只肥鸡的价钱呢。

芭蕉花买来了，但是花瓣是没有用的，可用的只是瓣里的蕉子。蕉子在已经形成了果实的时候也是没有用的，中用的只是蕉子几乎还是雌蕊的阶段。一朵花上实在是采不出许多的这样的蕉子来。

这样的蕉子是一点也不好吃的，我们吃过香蕉的人，如以

1987.2

幼年时摘取芭蕉花的故事，
为甚么使我父亲，
母亲那样的伤心，
我现在是早已知道了。
但是，我正因为知道了，
竟失掉了我摘取芭蕉花的自信和勇气。

为吃那蕉子怕会和吃香蕉一样，那是大错而特错了。有一回母亲吃蕉子的时候，在床边上挟过一箸给我，简直是涩得不能入口。

芭蕉花的故事便是和我母亲的晕病关连着的。

我们四川人大约是外省人居多，在张献忠①剿了四川以后——四川人有句话说："张献忠剿四川，杀得鸡犬不留"——'在清初时期好象有过一个很大的移民运动。外省籍的四川人各有各的会馆，便是极小的乡镇也都是有的。

我们的祖宗原是福建的人，在汀州府的宁化县，听说还有我们的同族住在那里。我们的祖宗正是在清初时分入了四川的，卜居在峨眉山下一个小小的村里。我们福建人的会馆是天后宫，供的是一位女神叫做"天后圣母"②。这天后宫在我们村里也有一座。

那是我五六岁时候的事了。我们的母亲又发了晕病。我同我的二哥，他比我要大四岁，同到天后宫去。那天后宫离我们家里不过半里路光景，里面有一座散馆，是福建人子弟读书的地方。我们去的时候散馆已经放了假，大概是中秋前后了。我们隔着窗看见散馆园内的一簇芭蕉，其中有一株刚好开着一朵大黄花，就象尖瓣的莲花一样。我们是欢喜极了。那时候我们家里正在找芭蕉花，但在四处都找不出。我们商量着便翻过窗去摘取那朵芭蕉花。窗子也不过三四尺高的光景，但我那时

---

① 张献忠(1606—1646)，字秉吾，号敬轩，延安柳树涧(今陕西定边东)人。明末农民起义领袖。

② 海神名。据迷信传说，宋代莆田(今属福建)林愿的第六女，死后曾多次显灵于海上，元代至元中封天妃神号，清代康熙时又加封为天后。旧时沿海地带多为她立庙，有天妃庙、天妃宫、天后宫等。

还不能翻过,是我二哥擎我过去的。我们两人好容易把花苞摘了下来,二哥怕人看见,把来藏在衣袂下同路回去。回到家里了,二哥叫我把花苞拿去献给母亲。我捧着跑到母亲的床前,母亲问我是从甚么地方拿来的,我便直说是在天后宫掏来的。我母亲听了便大大地生气,她立地叫我们跪在床前,只是连连叹气地说:“啊,娘生下了你们这样不争气的孩子,为娘的倒不如病死的好了!”我们都哭了,但我也不知为甚么事情要哭。不一会父亲晓得了,他又把我们拉去跪在大堂上的祖宗面前打了我们一阵。我挨掌心是这一回才开始的,我至今也还记得。

我们一面挨打,一面伤心。但我不知道为甚么该讨我父亲、母亲的气。母亲病了要吃芭蕉花,在别处园子里掏了一朵回来,为甚么就犯了这样大的过错呢?

芭蕉花没有用,抱去奉还了天后圣母,大约是在圣母的神座前干掉了罢?

这样的一段故事,我现在一想到母亲,无端地便涌上了心来。我现在离家已十二三年,值此新秋,又是风雨飘摇的深夜,天涯羁客不胜落寞的情怀,思念着母亲,我一阵阵鼻酸眼胀。

啊,母亲,我慈爱的母亲哟!你儿子已经到了中年,在海外已自娶妻生子了。幼年时摘取芭蕉花的故事,为甚么使我父亲,母亲那样的伤心,我现在是早已知道了。但是,我正因为知道了,竟失掉了我摘取芭蕉花的自信和勇气。这难道是进步吗?

家塾记事*

父亲自己虽然失学，但他在我们儿辈的教育问题上是很费了一番苦心的。我们家里自己起了一个家塾，请了一位专馆先生。

先生姓沈名叫焕章，是一位廪生。他是犍为县的人，在我未出世之前便来我们家里主教，我们的大哥、我们的二哥(三伯父的儿子)都先后进了学了。因为这样的原故，先生是很有名望的。我们家里人尊敬他，乡里人也尊敬他。

我自己是四岁半发的蒙。我的发蒙是出于自己的要求。我为甚么那样早的发生了读书的好奇心呢？这儿是有几个原故。

第一是我母亲教我念诗，这是很有趣味的一种游戏。最有挑拨性的是那首《翩翩少年郎》的诗句：

翩翩少年郎，骑马上学堂。
先生嫌我小，肚内有文章。

这对于儿童的好胜心真是一服绝好的兴奋剂。儿童的欲望并不甚奢。他要“骑马上学堂”，也不必一定要真正的马，只要有

---

* 本文节选自《沫若自传·第一卷》——《少年时代》。标题为编者所加。

根竹竿便可以代替。骑起竹马,抱着书本上学,这是怎样得意的事情哟!要想实现这种情景,这是使我早想读书的一个重大的原因。

其次是我有能够听懂说善书的自信了。

我们乡下每每有讲“圣谕”的先生来讲些忠孝节义的善书。这些善书大抵都是我们民间的传说。叙述的体裁是由说白和唱口合成,很象弹词,但又不十分象弹词。这些东西假如有人肯把它们收集起来,加以整理和修饰,或者可以产生些现成的民间文学罢。

在街门口由三张方桌品字形搭成一座高台,台上点着香烛,供着一道“圣谕”的牌位。在下边的右手一张桌上放着一张靠椅,如果是两人合演的时候,便左右各放一张。

讲“圣谕”的先生到了宣讲的时候了,朝衣朝冠的向着“圣谕”牌磕四个响头,再立着拖长声音念出十条“圣谕”,然后再登上座位说起书来。说法是照本宣科,十分单纯的;凡是唱口的地方总要拖长声音唱,特别是悲哀的时候要带着哭声。有的参加些金钟和鱼筒、简板之类,以助腔调。

这种很单纯的说书在乡下人是很喜欢听的一种娱乐。他们立在圣谕台前要听三两个钟头。讲得好的可以把人的眼泪讲得出来。乡下人的眼泪本来是很容易出来的,只要你在悲哀的地方把声音拖得长些,多加得几个悲哀的嗝顿。

在我未发蒙以前,我已经能够听得懂这种讲“圣谕”先生的善书了。

我在未发蒙以前,记性也好象不很坏。比我长四五岁的次兄(我们依着大排行叫他是五哥),在家塾的先生回家去了的时候,每每要在灯下受父母的课读。读的当然不外是些《易经》《书经》。那种就象符咒一样莫名其妙的文句从我次兄的口中念了出来，念来念去总是不能念熟。那种带睡的、无可奈何的声音真是扰人，真是就象蚊虫一样。我睡在床上或者在灯下游戏，听着他读得几遍，我倒可以成诵了。

这或者也是使我把读书看成一件容易事的一个原因。

就是因为这些原故，所以我在四岁半的时候便要求读书；我的父母也怕是看我也还聪明，便允许了我的。

那是一八九七年的春天，我父亲引我到家塾里去向沈先生拜了师，是用一对蜡、三炷香，在"大成至圣先师孔子神位"前磕了几个响头的。我从此以后便穿了牛鼻了。——我们乡下人说发蒙叫"穿牛鼻"，这是很有意义的一个譬语。我想从前的儿童教育之痼没儿童性灵，恐怕比用麻绳穿坏牛儿的鼻中膈还要厉害些罢。

发蒙读的是《三字经》，甚么"人之初，性本善，性相近，习相远"这样很暧昧的哲学问题，撇头撇脑就搁在儿童的头上，你教他怎么能够懂？你教他怎么能够感觉趣味？我读不上三天便逃起学来，怎么也不愿意再上学。但已经是穿了鼻子，你便怎样反抗也没有办法了。这回是我父亲用强制手段把我抱进学堂里去的。别人都笑我是"逃学狗，逃学狗"，我那个时候真是无可如何了。

所谓"扑作教刑"①，这是我们从古以来的教育方针，换句话说，要教育儿童就只有一个字，一个字，一个"打"字。——"不打不成人，打到做官人。"——读书是为要做官的。你要想做官，那就不能不捱打。你要想你的子弟做官，那就不能不叫

① 语见《书·舜典》。

人打。大约能打徒弟的先生在当年也就是很好的先生了。我们的沈先生是很有名望的，不消说他的教刑也很严。

他的刑具是一两分厚、三尺来往长的竹片。非正式的打法是隔着衣裳、隔着帽子的乱打；正式的打法是打掌心，打屁股。

这打屁股的刑罚真是再野蛮也没有了。小小的犯人要把板凳自己抬到“大成至圣先师孔老二”的神位面前，自己恭而且敬地挽起衣裳，脱下裤裆，把两爿屁股露出来，让“大成至圣先师孔老二”的化身拿起竹片来乱打。儿童的全身的皮肉是怎样地在那刑具之下战栗哟！儿童的廉耻心、自尊心，是怎样地被人蹂躏到没有丝毫的存在了哟！

削竹片的大抵是我们家里的用人，我们很不敢得罪他，差不多事事都要讨他的欢心。但是事实上我们用的刘老么他是很能体贴我们的。他为先生削竹片总是择选嫩的竹子，而且两头都是不当着节疤的。这样的竹片打起人来不大痛，又容易破。不过破了有一点不好处，就是打下去的时候，两个破片有时会挟着皮肉，特别疼痛。

还有不好处便是竹片容易破的时候，先生省得麻烦，便从学堂的篱栅上把细竹抽来打人。那可不得了！那是囫囵的，打得人非常疼痛。打一节，断一节。打在皮肉上的总是节头。

我发蒙不久便受了打掌心的刑罚。先生把我的右手打出了血来，那是被破了的竹片刺破了的。

事实上这种打掌心、打屁股的正式的打法比较起来还要好受些。因为受刑的人是有意识的，他的皮肉已经有接受竹片的准备。最难受的是那隔着帽子，隔着衣裳的乱打。隔着衣裳的打法在冬天不大适用，总是在夏天。这单薄的衣裳、单薄的便帽，怎么也抵不住那竹片的侵入，尤其是那编篱栅的细竹。

我最忘记不了的是那“铁盔”的故事。

那在发蒙以后怕已经有一两年了，先生是爱用细竹打人的时候。小小的一个头脑打得一面都是疱块，晚上睡的时候痛得不能就枕，便只好暗哭。母亲可怜起来，她寻出了一顶硬壳的旧帽子给我，里面是有四个毡耳的。

这顶帽子便是一个抵御刑具的“铁盔”了。先生打起来只是震空价的响，头皮一点也不痛。我的五哥便和我争起这顶帽子来。有一天在进学堂的途中他给我抢去了，我便号啕痛哭起来。这使先生发觉了那个秘密，他以后打我的脑壳时，要揭去帽子再打了。

就这样又打得一头都是疱块，晚上又不能就起枕来。我们母亲这回也没有办法了。

象这样的刑罚我们叫做“笋子炒肉”，先生骂我们的时候就说是“牛皮子在痒”——其实何尝是痒和搔痒的那样轻快的事体呢！

除这“笋子炒肉”的刑罚之外，我们还要受各种各样的刑罚：罚站，罚跪土地。

跪土地是跪在“大成至圣先师孔老二”的神位面前的。我们家塾里的土地是三合土，那真是硬得难受。单跪土地还不要紧，先生不高兴的时候还要把一条板凳来顶在你的头上，家里的板凳多半是楠木的，而且还有牙齿，那真是又重又痛。但这还不够的时候，先生还叫你顶水。在板凳的两端一头放一碗满满的水，这是要使你伸直大腿、伸直腰、伸直颈子，长跪着动也不准一动的。动了一下，水如荡了一珠，那可不得了，那又要惨受“笋子炒肉”的非刑了。

从前的做官的人就是这样打出来的，所以他们一做起官来便在百姓的头上报仇。他们的严刑峻法不消说是“青出于蓝”的了。当然,象我们这样超过了三十的人大都是受过这样的教育的,所以这种教育的应用我们也用不着太说远了,就在上海的所谓文明都市,就在我们自己的目前,不是还有铁锯分尸、钉板抓背、硫酸灌头、电流刺脑,各种各样新发明的花样吗?……

在家塾里所受过的非刑中,我自己觉得还有一种更残酷的便是“诗的刑罚”。这东西真把我苦够了。我在发蒙两三年之后,先生便要教我作对子。起初是两个字,渐渐做到五个字,又渐渐做到七个字以上。这已经是够受的刑罚。因为连说话都怕还不能说条畅的小孩子,那里会能了解甚么虚实平仄,更那里能够了解甚么音律对仗呢?但是做不出也还是要叫你做,做到后来,公然要做试帖诗①了。甚么“赋得‘山雨欲来风满楼’得‘楼’字”、或是“赋得‘漠漠水田飞白鹭’得‘飞’字”之类的诗题。你看,这是不是就和巫师画的神符一样呢?

假使是教育得法的时候,这样不自然的工作也未尝不可以叫小孩子做出。因为在温室的栽培里,一切的草木都可以早期的开花。但我们所受的不仅不是温室教育,尽可以说是冰窖教育。就是应时也怕开不出花来,那里还能早期呢?那种痛苦,回想起来都还犹有余痛。每三天一回的诗课,早饭过后把应读的书读了,便对着课本子瞑坐。翻来复去地把前面改了的旧课拚命地观摩,想在油渣里面再榨点油出来。用陈了的老套头甚么“二月风光好”“三月风光好”“四月风光好”之类,差不多把

① 作者原注:唐朝以来科举的诗,多以古人的诗句命题,前面加“赋得”二字。这种诗或五言七言,或八韵六韵,谓之“试帖”。

周年十二月都用完了,就是小孩子的自己也觉得难乎为情。起初是无聊的枯坐,后来渐渐变成焦躁的熬煎了。做不出来是不准你出去玩耍的。由上午坐到下午,由下午又坐到黑,仍然做不出来,那就只好逼得流眼泪了。

这就是所谓"诗刑"。这"诗刑"怕足足受了两三年的光景,这是怎样的一个有期徒刑呢?不过在为受这"诗刑"的准备上我也算得到过一点好处。

我们家塾的规矩,白日是读经,晚来是读诗。读诗不消说就是为的是做诗的准备了。我们读的是《唐诗三百首》和《千家诗》。这些虽然是一样的不能全懂,但比较起甚么《易经》《书经》《周礼》《仪礼》等等,总要算有天渊的悬隔了。只有这一点,可以说是一日的家塾生活的安全瓣,但都还不能说是十分的安全。

关于读诗上有点奇怪的现象,比较易懂的《千家诗》给予我的铭感很浅,反而是比较高古的唐诗很给了我莫大的兴会。唐诗中我喜欢王维、孟浩然,喜欢李白、柳宗元,而不甚喜欢杜甫,更有点痛恨韩退之。韩退之的诗我不喜欢,文我也不喜欢,说到他的思想我更觉得浅薄。这或许是后来的感情也说不定。

启蒙书*

庚子之变，资本帝国主义的狂涛冲破了封建的老大帝国的万里长城。在一两年前还视变法为罪大恶极的清廷，也不能不企图依照资本社会的模型来改造自己的国度了。

废八股而为策论，这是在变革过程中的一个最显著的事实。这是必然发生的社会意识的变化。这个变化不消说便直接地影响到我们家塾教育的方法上来了。从前是死读古书的，现在不能不注意些世界的大势了。从前是除圣贤书外无学问的，现在是不能不注重些科学的知识了。不消说我们是从试帖诗的刑具解放了下来。还有一件事情不能不感谢的，便是我还没有受过八股的刑具。甚么破题、起讲、搭题、承题等等怪物的毒爪，看看便要加在我头上来的，我在几希一发之间公然免掉了。我是怎样地应该向着甚么人道谢的呀！向着甚么人呢？——向着帝国主义者罢。

帝国主义的恶浪不消说是早冲到了我们那样偏僻的乡间。譬如洋烟的上瘾、洋缎的使用，其他沾着“洋”字的日常用品实在已不计其数。不过使我们明白地认识了那种变革，就是我们小孩子也意识到了的，是无过于读“洋书”了。

---

* 本文节选自《沫若自传·第一卷》——《少年时代》，标题为编者所加。

真正的“洋书”不消说我们当时还没有读的资格。我们除圣经贤传之外，开始读了一部《地球韵言》①，一部《史鉴节要》②。这两部在当时是绝好的启蒙书籍，是用四言的韵语写成，对于我们当时的儿童真是无上的天启。

一直到癸卯年实行废科举而建学校的时候，这个变革才一直到达了它应该到达的地方。在那年的秋闱过后，不久就有高等学堂、东文学堂，武备学堂③在省城里产生了出来。我的大哥进了东文，五哥进了武备。新学的书籍就由大哥的采集，象洪水一样，由成都流到我们家塾里来。

甚么《启蒙画报》《经国美谈》《新小说》《浙江潮》④等书报差不多是源源不绝地寄来，这是我们课外的书籍。这些书籍里面，《启蒙画报》一种对于我尤有莫大的影响。这书好象是上海出版的，是甚么人编辑的我已经忘记了。二十四开的书型，封面是红色中露出白色的梅花。文字异常浅显，每句之下空一字，绝对没有念不断句读的忧虑。每段记事都有插画，是一种简单的线画，我用纸摹着它画了许多下来，贴在我睡的床头墙壁上，有时候涂以各种颜色。

书中的记事最使我感着趣味的是拿破仑、毕士麦的简单

---

① 清张士瀛著，世界地理启蒙读物。

② 全名《史鉴节要便读》，清鲍东里辑，中国历史启蒙读物。

③ 高等学堂，1905年开办，今四川大学前身。东文学堂，1904年开办，主修日语，1906年并入游学预备学堂。武备学堂，1903年开办，1906年停办。

④ 《启蒙画报》，1902年创刊于北京，初为月刊，次年改为半月刊。《经国美谈》，日本驻清大臣矢野文雄著，中译者雨尘子。《新小说》，文艺月刊，1902年11月创刊于日本横滨，后改在上海出版，1906年停刊，共出二十四期，梁启超主编。《浙江潮》，综合性月刊，1903年2月创刊于日本东京，共出十二期，后两期只见广告。孙翼中等主编。

的传记[①]。小时候崇拜他们两个人真是可以说到了极点。我最表同情的是拿破仑的废后约塞芬[②],她在死的时候还取出拿破仑的相片来表示爱慕,那真是引出了我的眼泪。毕士麦没有拿破仑那样动人,但是我很高兴他爱狗。我家里也有三条大狗,我一出一入就呼着它们相随,自己也就象成了东方毕士麦一样。

还有一篇《猪仔记》[③]。这是一篇小说体裁的文字,叙述外国人虐待中国工人。内容我现在不大记忆了,好象叙的是一位不学好的青年把家财荡尽了,被人骗去做了猪仔,卖到美国的甚么地方去开垦。沿途不消说受了无数的辛酸,卖作农奴之后,在外国人的监工者的皮鞭之下流着血汗做很艰苦的工作,所得的工钱有限,而且那有限的工钱大概依然是要被地主剥削去的。地主有种种恶毒的制度、圈套来束缚工人。譬如让他们赌钱吃烟,使他们永远是穷到一钱不名,做终身的奴隶。这位青年做了多年的苦工,受了无限的虐待,已经弄得来三分不象人,四分不象鬼了,自己深深的在痛悔前非。有一天农场里来了一位中国留学生来视察。这位留学生原来就是那猪仔的老同学,两人无心相遇。学生虽已不认识猪仔,猪仔却还认得学生。到这儿学生才把他赎回了中国。

---

① 拿破仑(Napoléon Bonaparte,1769—1821),即拿破仑第一,法兰西第一帝国和百日王朝皇帝。这篇传记,题为《法帝拿破仑逸事》,在《启蒙画报》第二年内连载。毕士麦 (Otto Fürst Von Bismarck—Schönhausen,1815—1898),通译俾斯麦,普鲁士王国首相和德意志帝国宰相。

② 约塞芬(M.R.Josphine,1763—1814),通译约瑟芬,1804年拿破仑第一称帝时立为皇后,1809年被废。

③ 在《启蒙画报》第二年内连载。

内容大概是这样。这里虽然充分地包含着劝善惩恶、唤醒民族性的意思，但从那所叙述的是工人生活，对于榨取阶级的黑幕也有多少暴露的一点上看来，它可以说是中国无产文艺的鼻祖。

这文章从资料的性质上看大约是留美学生做的罢？处理材料的态度也很象受了一些美国作家Jack London[1]的影响，但可惜我现在记不起作者的姓名，但那书中也好象是没有姓名的。同样性质的文章我在中国的近代的文学里很少看见。中国年年也有不少的留学生渡美，美国留学生中也有一些文学青年，中国工人的生活好象全不值他们一顾的样子。中国先年到法国去勤工俭学的人也不少，但没有看见过有一篇描写工场生活的文章。

这部《启蒙画报》的编述，我到现在还深深地记念着它。近来中国也出了一些儿童杂志一类的刊物，但我总觉得太无趣味了，一点也引不起读者的精神。或者我现在已经不是儿童，在儿童们看来或许又有别样一种意见罢。以儿童为对象的刊物很重要而且很不容易办好，可惜中国人太不留意了。

除开这些书报之外，还有各种上海出版的蒙学教科书，如格致、地理、地质、东西洋史、修身、国文等等，差不多现在中学堂所有的科目都有。我们家塾里便用这些来做课本。有一部《笔算数学》[2]，是甚么教会学堂出版的东西，我们沈先生他自己自修了一遍，便拿来教我们。我们从加减乘除一直也就学到开方了。那书所用的亚剌伯数字都是楷书，我们运算时也用那

① 作者原注：杰克·伦敦(1876—1916)，美国著名的进步作家。

② 美国狄考文著，中译者邹立文，上海益智书局出版。

正工正楷的亚刺伯数字来运算,现在想起来真觉得好笑。

家塾的壁上挂的四大幅合成的一面《东亚舆地全图》,红黄青绿的各种彩色真使我们的观感焕然一新。我们到这时才真正地把蒙发了的一样。

促成这样的变革的自然是时代的力量,世界的潮流,但我们那种偏僻的乡陬,在周围邻近乃至县府城中都还不十分注意的时候,我们独能开风气之先,很早的便改革了过来,这儿却不能不说是人力了。我们沈先生的锐意变法,这是他卓识过人的地方。象他那样忠于职守,能够离开我见,专以儿童为本位的人,我半生之中所见绝少。当然他起初也打过我们,而且很严峻地打过我们,但那也并不是出于他的恶意。因为打就是当时的教育,不是他要打我们,是当时的社会要他打我们的。但他能以尖锐的角度转变过来,他以后便再没有用刑具来打过我们了。在当时我们读古书也比较有条理了,一面读《左氏春秋》,一面就读《东莱博议》①。两者的文章都比较好懂,而且也能互相发明。这真是给予了我很大的启发。我的好议论的脾气,好做翻案文章的脾气,或者就是从这儿养成的罢?我以后也好象又聪明了一些,先生隐隐地在把我当成得意门生看待。

---

① 全名《东莱左氏博议》,宋吕祖谦著。

卖书

我平生受苦了文学的纠缠，我想丢掉它也不知道有过多少次了。小的时候便喜欢读《楚辞》[①]《庄子》《史记》《唐诗》[②]，但在一九一三年出省的时候，我便全盘把它们丢了。一九一四年正月我初到日本来的时候，只带着一部《文选》[③]。这是一三年的年底在北京琉璃厂的旧书店里买的。走的时候本来也想丢掉它，是我大哥劝我，没有把它丢掉。但我在日本的起初一两年，它被丢在我的箱里，没有取出来过。

在日本住久了，文学趣味不知不觉之间又抬起头来。我在高等学校快要毕业的时候，又收集了不少的中外的文学书籍了。

那是一九一八年的初夏，我从冈山的第六高等学校毕了业，以后是要进医科大学了。我决心要专精于医学，文学书籍又不能不和它们断缘了。

我下了决心，又先后把我贫弱的藏书送给了友人。当我要

---

① 西汉刘向辑，东汉王逸为作章句。收战国楚人屈原、宋玉及汉代刘向等人的辞赋，共十七篇。

② 这里泛指唐代的诗歌。

③ 南朝梁昭明太子萧统编选的先秦至齐梁间的诗文集，共三十卷。唐代李善为之作注，分为六十卷。

离开冈山的前一天,剩着《庾子山全集》和《陶渊明全集》[1]两书还在我的手里。这两部书我实在是不忍丢掉，但又不能不丢掉。这两部书和科学精神实在是不相投合的。那时候我因为手里没有多少钱,便想把这两位诗人拿去拍卖。我想起日本人是比较尊重汉籍的,这两部书或者可以卖得一些钱。

那是晚上,天在下雨。我打起一把雨伞走上冈山市去。走到一家书店里我去问了一声。我说:“我有几本中国书……”

话还没有说完,坐店的一位年青的日本人,在怀里操着两只手,粗暴地反问着我:“你有几本中国书？怎么样？”

我说:“想让给你。”

——“哼,”他从鼻孔里哼了一声,又把下颚向店外指了一下,“你去看看招牌罢,我不是买旧书的人!”说着把头掉开了。

我碰了这样一个大钉子,很失悔。这位书贾太不把人当钱了! 我就偶尔把招牌认错,也犯不着以这样侮慢的态度来对待我! 我抱着书仍旧回到寓所去。路从冈山图书馆经过的时候,我突然对于它生出了惜别意来。这儿是使我认识了斯宾诺沙、太戈尔、伽比儿、歌德、海涅、尼采[2]诸人的地方。我的青年时代的一部分是埋葬在这儿的。我便想把我肘下挟着的两部书寄付在这儿。我一下了决心,便把书抱进馆去。那时因为下雨,馆里看书的一个人也没有。我向一位馆员交涉,说我愿意寄付两

---

① 《庾子山全集》,当为《庾予山集》,北周庾信(字子山)作,十六卷。《陶渊明全集》,东晋陶潜(字渊明)作,四卷。

② 斯宾诺莎(B.Spinoza,1632—1677),荷兰唯物主义哲学家和无神论者。太戈尔 (R.Tagore,1861—1941),通译泰戈尔，印度诗人。伽比儿(Kabir,1440—1518)，通译卡比尔，印度禅学家和诗人。海涅(H.Heine,1797—1856),德国诗人。尼采(F.Nietzsche,1844—1900),德国唯心主义哲学家。

部书。馆员说馆长回家去了，叫我明天再来。我觉得这是再好也没有的，便把书交给了馆员，说明天再来，便各自走了。

啊，我平生没有遇着过这样快心的事。我把书寄付了之后，觉得心里非常恬静，非常轻松。雨伞上滴落着的雨声都带着音乐的谐调，赤足上蹴触着的行潦也觉得爽腻。啊，那爽腻的感觉！我想就是耶稣脚上受着玛格达伦用香油涂抹[①]时的感觉，也不过这样罢？——这样的感觉，到现在好象也还留在脚上，但已经隔了六年了。

把书寄付后的第二天，我便离去了冈山。我在那天不消说没有往图书馆去。六年来，我乘火车虽然前前后后地也经过冈山五六次，但都没有机会下车。在冈山三年间的生活回忆时常在我脑中苏活着；但恐怕永没有重到那儿的希望了？

啊，那儿有我和芳坞[②]同过学的学校，那儿有我和晓芙[③]同住过的小屋，那儿有我时常去登临的操山，那儿有我时常去划船的旭川，那儿有我每天清早上学、每晚放学必然通过的清丽的后乐园，那儿有过一位最后送我上火车的处女，这些都是使我永远不能忘怀的地方。但我现在最初想到的是我那《庾子山集》和《陶渊明集》的两部书呀！我那两部书不知道是否安然寄放在图书馆里？无名氏的寄付，未经馆长的过目，不知道是否

---

① 《新约全书·约翰福音》第十二章记载：当耶稣在伯大尼的一个人家坐席时，“马利亚就拿着一斤极贵的真哪哒香膏，抹耶稣的脚，又用自己头发去擦，屋里就满了膏的香气。”另外，此事在《新约全书·路加福音》第八章中也有记述。

② 即成仿吾(1897—1984)，湖南新化人。文学评论家、教育家。1915年至1917年，与作者在日本冈山第六高等学校同学。

③ 即作者的日本夫人佐藤富子，又名安娜，1894年生，日本仙台人。两人1916年底在冈山开始同居。

遭了登录？看那样书籍的人，我怕近代的日本人中少有罢？即使遭了登录，想来也一定被置诸高阁，或者是被蠹鱼蛀食了。啊，但是哟，我的庾子山！我的陶渊明！我的旧友们哟！你们不要埋怨我的抛撇！你们也不要埋怨知音的寥落！我虽然把你们抛撇了，但我到了现在也还在镂心刻骨地思念着你们。你们即使不遇知音，但假如在图书馆中健在，也比落在贪婪的书贾手中经过一道铜臭的烙印的，总要幸福得多罢？

啊，我的庾子山！我的陶渊明！旧友们哟！现在已是夜深，也是正在下雨的时候，我寄居在这儿的山中，也和你们冷藏在图书馆里的一样。但我想起六年前和你们别离的那个幸福的晚上，我觉得我也算不曾虚度此生了。

你们的生命是比我长久的，我的骨化成灰、肉化成泥时，我的神魂是借着你们永在。

鸡 雏

七年前的春假，同学C君要回国的前一晚上，他提着一只大网篮来，送了我们四匹鸡雏。

鸡雏是孵化后还不上一个月的，羽毛已渐渐长出了，都是纯黑的。四只中有一只很弱。C君对我们说：

——“这只很弱的怕会死，其余的三只是不妨事的。”

我们很感谢C君。那时候决心要好好保存着他的鸡雏，就如象我们保存着对他的记忆一样。

嗳，离了娘的鸡雏，真是十分可怜。它们还不十分知道辨别食物呢。因为没有母鸡的呼唤，不怕就把食物喂养它们，它们也不大肯进食。最可怜的是黄昏要来的时候，它们想睡了，但因为没有娘的抱护，便很凄切地只是一齐叫起来。听着它们那啾啾的声音，就好象在茫茫旷野之中听见迷路孤儿啼哭着的一样哀惨。啊，它们是在黑暗之前战栗着，是在恐怖之前战栗着。无边的黑暗之中，闪着几点渺小的生命的光，这是多么危险！

鸡雏养了四天，大约是C君回到了上海的时候了。很弱的一只忽然不见了。我们想，这怕是C君的预言中了罢？但我们四处寻觅它的尸骸，却始终寻不出。啊，消灭了。无边的黑暗之

听着它们
那啾啾的声音，
就好象在茫茫旷野之中
听见迷路孤儿啼哭着的一样哀惨。

中消灭了一点微弱的光。

又到第六天上来,怕是C君回到他绍兴的故乡的时候了。午后,我们在楼上突然听见鸡雏的异样的叫声。急忙赶下楼来看时,看见只有两只鸡雏张皇飞遁着,还有一只又不见了。但我们仔细找寻时,这只鸡雏却才窒塞在厨房门前的鼠穴口上,颈管是咬断了的。我们到这时才知道老鼠会吃鸡雏,前回的一只不消说也是被老鼠衔去的了。一股凶恶的杀气涨满了我们小小的住居,我们的脆弱的灵魂隐隐受着震撼。

啊,消灭了,消灭了。无边的黑暗之中又消灭了一点微弱的光。

叹息了一阵,但也无法去起死回生。我们只好把剩下的两只鸡雏藏好在大网篮里,在上面还蒙上一张包单。我们以为这样总可以安全了,嗳,事变真出乎意外。当我们正在缓缓上楼,刚好走到楼门口的时候,又听着鸡雏的哀叫声了。一匹尺长的老鼠从网篮中跳了出来,鸡雏又被它咬死了一匹。啊,这令人战栗的凶气!这令人战栗的杀机!我们都惊愕得不能说话了。在我们小小的住居之中,一匹老鼠便制造出了一个恐怖时代!

啊,齿还齿,目还目,这场冤仇不能不报!

我们商量着,当下便去买了一只捕鼠的铁笼,还买了些“不要猫”的毒药。一只鸡腿被撕下来挂在铁笼的钩上了。我们把铁笼放在鼠穴旁边,把剩下的一只鸡雏随身带上楼去。

拨当!发机的一声惊人的响声!

哈哈!一只尺长的大鼠关在铁笼里面了,眼睛黑得亮晶晶地可怕,身上的毛色已经翻黄,好象鼬鼠一样。你这仓惶的罪囚!你这恐怖时代的张本人!毕竟也有登上断头台的时候!

啊,我那时的高兴,真是形容不出,离鸡雏之死不上两个钟头呢。

我把铁笼提到海边上去。海水是很平静的,团团的夕阳好象月光一样稳定在玫瑰色的薄霞里面。

我把罪囚浸在海里了,看它在水里苦闷。我心中的报仇欲满足到了高潮,我忍不住抿口而笑。真的,啊,真的! 我们对于恶徒有甚么慈悲的必要呢?那么可怜无告的孤儿,它杀了一只又杀一只,杀气的疯狂使人也生出了战栗。我们对于这样的恶徒有甚么慈悲的必要呢?

老鼠死了,我把它抛到海心去了。恶徒的报应哟! 我掉身回去,夕阳好象贺了我一杯喜酒,海水好象在替我奏着凯歌。

回到家来,女人已在厨中准备晚餐了。剩下的一只鸡雏只是啾啾地在她脚下盘绕。一只鹞形的母鸡,已经在厨里的一只角落上睡着了。

——“真对不住C君呢。”我的女人幽幽地对我这样说。

——“但也没法,这是超出乎力量以上的事情。”我说着走到井水旁边去洗起我的手。

——“真的呢,那第二次真使我惊骇了,我们这屋子里就是现在也还充满着杀气。”

——“我把那东西沉在海里的时候可真是高兴了。我的力量增加了百倍,我好象屠杀了一条毒龙。我起先看着它在水里苦闷,闷死了,我把它投到海心里去了。啊,老鼠这东西真可恶,要打坏地基,要偷吃米粮,要传播病菌,还要偷杀我们的鸡雏! ……”

饭吃过后,我的女人在屋角的碗橱旁边做米团。

——“毒药放进了吗?”

她低着声说:“不要大声,说穿了不灵。”

我看见她从橱中取出几粒绿幽幽的黄磷来放在米团的心里。那种吸血的凄光,令我也抖擞了一下。啊,凶暴的鼠辈哟,你们也要知道人的威力了!

第二天清晨,我下楼打开后面窗户的时候,看见那只鹞形的母鸡——死在后庭里面了。

——“哦呀,这是怎么的! 你昨晚上做的米团放在甚么地方的呀?”

我的女人听见了我的叫声,赶着跑下了楼来。她也呆呆地看着死在庭里的母鸡。

——“呀!”她惊呼着说,“厨房门还关得上好的,它怎么钻出来了呢? 米团我是放在这廊沿下面的。”她说着俯身向廊下去看,我也俯下去了。廊下没有米团,却还横着一只死鼠。

——“它究竟是怎么钻出来的呢?”我的女人还在惊讶着说。

我抬头望着厨房里的一堵面着后庭的窗子, 窗子是开着的。

啊,谁个知道那堵导引光明的窗口,才是引到幽冥的死路呢!

我一手提着一只死鼠,一手提着一只死鸡,踏着晓露又向海边走去。路旁的野草是很青翠的,一滴滴的露珠在草叶上闪着霓虹的光彩,在我脚下零散。

海水退了潮了。砂岸恢复了人类未生以前的平莹,昨晚的一场屠杀没有留下一些儿踪影。

我把死鼠和死鸡迭次投下海里去了。

鸡身浮在水上。我想,这是很危险的事,万一邻近的渔人拾去吃了的时候呢!……

四月初间的海水冷得透人肌骨，但是在水里久了也不觉得了。我在水里凫着,想把死鸡的尸首拿回岸来。但我向前凫去,死鸡也随着波动迭向海心推移。死神好象在和我作弄的一样。我凫了一个大湾,绕到死鸡前面去,又才把它送回了岸来。上岸后,我冷得发抖,全身都起着鸡皮皱了。

我把那匹死鸡埋在砂岸上了。舐岸的海声好象奏着葬歌，蒙在雾里的夕阳好象穿着丧服。

剩下的一只鸡雏太可怜了,终日只是啾啾地哀叫。

人在楼上的时候,它啾啾地寻上楼来。

人下楼去的时候,它又啾啾地从楼上跳下。

老鼠虽不敢再猖獗了，但是谁能保证不又有猫来把它衔去呢?不久之间春假已经过了。有一天晚上我从学校回家,唯一的一只鸡雏又不见了!啊,连这一只也不能保存了吗?待我问我的女人时,她才说:“它叫得太可怜了,一出门去又觉得危险;没有法子,只得把它送了人,送给有鸡雏的邻家去了。”

心里觉得很对不住C君,但我也认为:这样的施舍要算是最好的办法了。

痈

十天前在胸部右侧生了一个小疖子,没有十分介意。谁期它一天一天地长大,在五天前竟大到了我自己的一掌都不能含盖的地步了。随便买了点伊邪曲尔软膏来涂敷了半天,痛既相当,更有些作寒作冷。没有办法,只好在第二天清早破点费,跑到近处的外科医生去,请他诊治。

医生说,是恶性的痈。

我希望他替我开刀,但他要再看一下情形才能定。他用太阳灯来照了十几分钟,取了我二圆六十钱。教我要好生静养,切不可按压,如再膨胀下去,会有生命之虞。静养得周到时,三礼拜工夫便可望治好。

我自己也学过医,医生所说的话我自然是明白的。这不用说更增长了我的忧郁。为着一个小疖子而丢命,当然谁也不会心甘。为着一个小疖子要费三个礼拜的静养和治疗,这也使我不得不感受精神上的头痛。

算好,邻家的一位铝器工场的工头有一架太阳灯,我的夫人便去向他借了来。

自己用紫外光线来照射,一天照它两次,每次照它二三十分钟。余下的时间除掉勉强起来吃三顿淡饭之外,便只静静地瘫睡在床上。范增疽发背的故事[1],总是执拗地要在大脑皮质上盘旋。还有一个更执拗的想念是:我们中国人的白血球大约已经变得来只晓得吃自己的赤血球,不会再抵抗外来的细菌了。不然,我这个疖子,否,这个痈,何以总是不化脓?

脓——这在我们有医学经验的人,都知道是一大群阵亡勇士的遗骸。我们的白血球是我们的“身体”这座共和国的国防战士。凡有外敌侵入,他们便去吞食它,待吞食过多时卒至于丢命,于是便成为脓。我们不要厌恶这脓吧,我们了解得这脓的意义的人,是应该以对待阵亡将士的庄严感来对待它的。

我这个痈不见化脓,难道我们中国人的白血球,真正是已经变到不能抵抗外敌了么?

自己的脸色,一天一天地苍白下去,这一定是白血球在拚命吃自己的赤血球,我想。

为着一个小疖子,说不定便有丢命之虞,这使自己有时竟感伤得要涔涔落泪。

——妈的,我努力一辈子,就这样便要死了吗?而且是死在不愿意在这儿做泥土的地方!……

今天清早起了床,觉得痛觉减轻了。吃了早饭后,自己无心地伸手向患处去摸了一下,却摸着了一指的温润。伸出看时,才是脓浆。这一快乐真是不小:我虽然是中国人,我自己的白血球依然还有抵抗外敌的本领!原来我的痈已经出了脓,浸

① 范增(前277—前204),居鄛(今安徽桐城南)人。项羽的谋士,被尊为亚父。《史记·项羽本纪》载:刘邦用离间计,“项王乃疑范增与汉有私,稍夺之权。范增大怒,曰:‘天下事大定矣,君王自为之!愿赐骸骨归卒伍。’项王许之。行未至彭城,疽发背而死。”

透了所护着的药棉和药布。自己过分地高兴了起来，便索性把衣裳脱了，把患处的药布药棉也通统剥掉了。取了一面镜子来，自己照视。

痈先生的尊容——一个附在自己胸侧的剥了皮的红番茄，实在不大中看。顶上有几个穴孔充满着淡黄色的软体，又象是脓，又象是脂肪。自己便索性用一只手来把硬结的一隅按了一下。一按，从一个穴孔中有灰黄色的浓厚液体冒出。这才是真正的脓了。我为这庄严的光景又感伤得快要流眼泪。你们究竟不错，一大群的阵亡勇士哟！你们和外来的强敌抗战了足足十日，强敌的威势减衰了下来，你们的牺牲当然也不会小。一面感慨，一面用指头尽力地罩压，真真是滔滔不尽地源源而来。真是快活，真是快活，这样快活是我这十年来所曾未有。

自己打着赤膊，坐在草席上，一手承着镜子，一手按着痈，按了有半个钟头的光景，蘸着脓汁的药棉积满了一个大碗。假使没有邮差送了一些邮件来，我的按压仍然是不会中辍的。

邮件也都顺手拉来看了，其中有一件是《东方文艺》[①]的第二期。我把封皮破开，把杂志的内容也流水地翻阅了一下，觉得内容是相当充实，编者在搜集上确是费了不小的苦心。但可惜印刷的技术太差，编辑的经验也不充分，这却使内容大大减色。

编制一种刊物等于在做一种艺术品，印刷是不可不讲究的。即使印刷差得一点，编辑者的经验如充分，也多少可以补

---

① 侯枫编辑，上海东方文艺社发行。1936年3月创刊，同年十月停刊，共出七期。

救。内容的配置，排比，权衡，不用说要费一番苦心；就是一个标题的宽窄，一条直线的粗细，都要你费一些神经的歆动。要有一个整个的谐调，一个风格，然后那个刊物才是一个活体。内容就平常得一点，就如家常便饭而弄得洁白宜人，谁都会高兴动箸。但如棹椅既不清净，碗盏又不洁白，筷子上爬着苍蝇，酱油里混些猪毛，大碗小盘，热吃冷吃，狼籍在一桌，不怕就是山珍海味，都是不容易动人食兴的。编辑者除尽力拉稿选稿之外，对于编辑技术是应该加倍地用点工夫。这倒不是专为《东方文艺》而言，我觉得国内有好些刊物，说到编辑技术上都不能及格。新出的刊物以《译文》[①]《作家》[②]两种的编辑法为最好。在日本出的《杂文》《质文》也还可观。但《质文》第五期是在上海编辑，将来的成绩如何就不敢保险了。

把《东方文艺》翻着，最后却翻到了目录前、封面后的广告面来，又看见了那《新钟创作丛刊》的预约广告[③]。那广告在三个月前早就看过的，里面公然有一种是我的《历史小品集》，而且定价"四角半"。我最初看见时委实吃了不小的一惊。我不知道几时写了那样多"历史小品"竟能成"四角半"的"集"。

"历史小品"究竟是什么？是指的我近年所写的《孔夫子吃饭》《孟夫子出妻》之流吗？但发表了的共总只有三篇，"品"则有之，那里便会"集"得起来呢？

---

① 鲁迅和茅盾发起创办的翻译和介绍外国文学的杂志。1934年9月在上海创刊，1937年6月终刊。中间曾一度停刊。

② 文学月刊。孟十还编辑。1936年4月至11月共出八期。上海杂志公司发行。

③ 载1936年5月25日上海《东方文艺》第一卷第二期。这套丛刊共有作品十六册，其中有作者的一册，广告为"历史小 郭沫若 四角半"。

“集”不起来的事情，那登预约的人后来似乎也明白了，记得不久在一本书后面所见到的同一“丛刊”的预约广告，“历史小品集”已经删去了“集”字而成为了“历史小品”。

其实就“品”也“品”不起来的。真好！我一翻到《东方文艺》上的《新钟创作丛刊》预约广告来，那儿不是已经又把“品”字也删掉了吗？

历史小　　郭沫若　　四角半

循着这一字递减例，这预约广告再登三回，我相信会是

历史　　郭沫若　　四角半

历　　郭沫若　　四角半

　　郭沫若　　四角半

九九归元，“郭沫若”的价值弄来弄去只值得“四角半”。

好的，有“四角半”存在新钟书局，再隔十年，我要叫我的孩子们向他们用复利算去讨账。

这些都是后事，暂且不提，却说这“历史小”三个字确是一个天启。

真的，“历史”实在是“小”！大凡守旧派都把历史看得大。譬如我们的一些遗老遗少，动不动就爱说“我们中国自炎、黄以来有五千年的历史”。炎、黄有没有，且不必说，区区“五千年”究竟算得什么！请拿来和人类的历史比较一下吧，和地球的历史比较一下吧，和太阳系统的历史比较一下吧，和银河系宇宙的历史比较一下吧。……“五千年”，抵不上和大富豪卡尔疑[1]比较起来的我身上的五个铜板。

---

① 卡尔疑(A.Carnegie，1835—1919)，一译卡内基，美国钢铁业者，人称钢铁大王，世界富豪之一。

其实只要是历史,都已经是有限的。尽管就是银河系宇宙的历史,和无限的将来比较起来,总还是"小"。

"历史小"——的确,这是一个名言,一个天启。

中国虽然有五千年的历史,那五千年中所积蓄的智慧,实在抵不上最近的五十年。譬如白血球吃细菌的这个事实,我们中国的古人晓得吗?又譬如"历史小"这句名言,我们中国的旧人能理解吗?

总之,"历史"真正是"小"。准此以推,有了"历史"的人也一样是"小"。

古代的大人物,其实大不了好多,连我们现代的小孩子所有的知识,他们都没有。

愈有"历史"者,人愈"小"。

愈有将来者,人愈大。

古代的人小于近代的人。

年老的人小于年青的人。

这些是由"历史小"这个公式所可导诱出来的公式。

我读过艾芜的《南行记》[①],这是一部满有将来的书。我最喜欢《松岭上》那篇中的一句名言:"同情和助力是应该放在年青的一代人身上的"。这句话深切地打动了我,使我始终不能忘记。这和"历史小"这个理论恰恰相为表里。

真的,年青的朋友们哟,我们要晓得"历史"实在"小"。

把年老的人当成偶像而崇拜,决不是有志气的青年人所当为的事。

---

① 艾芜,原名汤道耕,1904年生,四川新都人。作家。《南行记》是他早期的一部短篇小说集,1935年上海文化生活出版社出版。

我今年已经四十五岁了,虽不能算得一个老头子,也可算得半个老头子。自己的山顶怕早已爬过了的，即使还没有爬过,再爬也爬不了好高。

孔夫子还聪明,他知道说:“后生可畏。”①

老实讲,我自己是恨我已经不能再做“可畏”的“后生”了。

我希望比我年青的人都要使得我生畏。

在“历史小”三字中感到了天启,把溃痈的快乐抛弃了,立刻跑进自己的工作室里来，提着一枝十年相随的钢笔在这原稿纸上横冲直闯地写，一写便写了将近四千字。然而写到这里,仍然感觉痈的内部在一扯一扯的痛。

我这时又把痈部摸了一下,刚才压消了的肿,不知几时又恢复了转来。

外敌的势力是还没有衰弱的，我的英勇的白血球们又拥集到前线在作战了。

医生是警戒过我“切不可按压”的,我贪一时的快乐按压了半个钟头，又为一时的心血来潮而弓起背来写了这篇半天文章。妈的,该不真“有生命之虞”吧?

然而——

“朝闻道,”孔子曰,“夕死可矣。”②

我清早闻得“历史小”之道,即使今天晚上死就死于痈,我也是值得的!

---

① 《论语·子罕》:“子曰:‘后生可畏,焉知来者之不如今也?’”

② 《论语·里仁》:“子曰:‘朝闻道,夕死可矣。’”

值得多少呢？

定价——

　　“四角半。”

预约——

　　倒贴邮票二分奉送。

我是中国人

一

在东京桥区的警察局里，被拘留到第三天上来了。

清早，照例被放出牢房来盥洗之后，看守人却把我关进另一间牢房里去了。是在斜对过的一边，房间可有两倍大。一个人单独地关在这儿，于是便和秃松分离了。这给了我一个很大的精神上的突击。我顿然感觉着比初进拘留所时还要抑郁。

和秃松同住了一天两夜，他在无形之中成为了我的一个支柱。白天他鼓励我，要我吃，要我运动，务必要把精神振作起来，免得生病。晚上他又关心到我的睡眠，替我铺毯子，盖毯子，差不多是无微不至的。

他真是泰然得很，他自己就跟住在家里的一样。有他这样的泰然放在身边，已经就是一个慰藉，更何况他还那样的亲切，那样的善良。我对于他始终是怀着惊异的，怎么会有这样的人呢？然而竟公然有这样的人。

我憎恨着那个看守。那是象一株黄角树一样的壮汉，把我和秃松分开了。是出于他的任意的调度，还是出于有心的惩罚呢？同住在一道的时候，秃松是喜欢说话的，而我的耳朵又聋，因此时时受着看守的虎声虎气的干涉。大约就为了这，那株坏材便认真作起威福来了吧?不管怎样,这对于我的确是精神上的一个打击。

房间已经够大了,一个人被关着,却显得更大。但这儿却一点也不空洞。虽然四面是围墙,除我一个人而外什么也没有,但这儿是一点也不空洞的。那四围的墙壁上不是充满着人间的愤怒、抑郁、幽怨、号叫吗?那儿刻满着字画,有激越的革命口号,有思念家人的俳句,有向爱人诉苦的抒情诗,有被幽囚者的日历。那些先住者们不知道是用什么工具刻划上去的,刻得那么深,那么有力!

盘旋,盘旋,盘旋,顺着走过去,逆着走过来,我成了一只铁栏里的野兽,只是在牢房里兜圈子。偶尔也负嵎,在草席上胡坐一下,但镇静不了好一会,又只好起来盘旋着。……

上午十时左右,看守来开门了:“喂,出来!”他向我吼了一声,我出了牢门。照例又在看守处把裤带、衣扣、钱包等交还了我。我明白我又要被放出去晾一下了;过了一会,依然会被关还原处的。

走出拘留所后,同样被一位武装警察,把我带着上楼,进了审问过我两次的那间会议室。这次却有四个人在等着我。那位袁世凯坐在长桌的一头,旁边坐着从市川押解我来的那条壮汉。另外,又添了两个人:一个有点像朝鲜人,我记得是他最初踏上了我市川寓里的居室的,他和壮汉同坐在一边;另一个是第一次见面,瘦削得跟猴子一样,他却隔离着坐在对面通侧室的门次。

依然是袁世凯的那一位主讯。问的还是前两次的那些话。他手里有着一张纪录,要我阅读一遍,又问我有没有错误。我阅读了,承认没有错误。他要我签个字在旁边,我签了。他又要我打一个指印,我也打了。于是他指着那位瘦猴子说:这位是司法主任,他要给你照几张相片,回头还有话给你说。

于是那司法主任按壁上的叫铃,又有武装警察进来了,他吩咐带我去照相。我起来走动着,四位也跟着我走。走到了楼下的一间光线很充足的房里,司法主任用一张白纸写上了我的名字,要拿来别在我的胸上。我拒绝了。我说:对不住,我并不是犯人。猴子脸痉挛了一下,准备发作,袁世凯却来缓颊:不要紧的,可以折衷办理,把这纸条贴在这椅背上,不要别在胸上。我想,这不还是一样吗?但你不让他照吧,他也有办法把你的名字写在胶片上的,我也就随他去了。照了正面,照了左右两侧面,又照了背面,一共四张。照得竟这样周到!这是什么意义呢?已经把我关着了,难道还怕我逃跑的吗?我在这样想着。

相照好了,又把我带上楼,又进了会议室。这次的袁世凯却和颜悦色地向我说起话来了:今天你可以回家了,但在走之前,司法主任要给你讲话。

这一突然的宣告,使我出乎意外,就这样便放我出去了吗?我心里明白,一定是安娜在外边的奔走收到了效果。但我心里却也没有感受着怎样的快活。照相的意思,我到这时候也才完全明了了。原来是想把我释放进更大范围的监视里去。

猴子开始说话了,俨乎其神的一个"训饬"的样子——这是我后来才知道,凡是被检束或拘留的人,在被释放的时候,要被司法主任严烈地"训饬"一顿。

他说:本来是打算更挫折你一下的,但念你有病——他插问我一句:"你不是头痛吗?"我倒把这件事情忘了,起初被抓来时,的确是在头痛的,但关了两天两夜,头痛倒老早忘记了。——因此提前释放你。(好家伙,你完全把我当成罪犯!)但你要明白,日本警察是不好惹的。你在我国做一位客人,要做一位循规蹈矩的客人,我们会保护你和你的眷属。假如你有什么不轨的企图,我们随时可以剥夺你的自由,甚至你的生命!(好家伙,你有杀人的本领!)好,你是一个知识分子,一切事情你自己应该明白,多余的话,我也不必向你说了。

这样经了一番“训饬”之后,案件表示结束了。我便向袁世凯发问:我是不是就可以走?

——不,不要着急啦,还要请你吃中饭。袁世凯更加和颜悦色地说,他倒在窗下的一个沙发上去了。

其余的也跟着解除了精神上的武装,和我开始漫谈起来。

原来那位象朝鲜人的,懂得几句中国话,在外事课中算是“支那通”,为了奉命调查我的下落,他足足苦了半年。警视厅晓得我是到了日本,但不晓得我住在什么地方。他们也怀疑到吴诚就是我,因为那位到东京考查教育的吴诚,一从神户登陆之后,便失掉了去向。他们甚至打过电报到南昌大学去询问。支那通不胜惊异地说:“真是稀奇得很! 那边回电报来说,有这位教授吴诚。”这自然是出乎意外的巧合,我当初用这个假名的时候,的确是随意捏造的。支那通提到了仿吾给我的那封长信来,那信果然被他们检查了去,他为翻译那封长信,弄得两晚上没有睡觉。我到这时又算弄明白了一件事,就是这家伙的中文程度太蹩脚,使我在拘留所里多住了一天一夜。

支那通从他的提包里面把信拿了出来, 红笔蓝笔勾涂满纸,但有好些地方他依然不懂。他要我讲解,我给他讲解了。日本人对于中国的文言文是比较容易领会的, 因为他们积了一千年的经验,有他们的一套办法,读破我们的文言文。但他们拿着白话文便感棘手,很平常的话,都要弄得不明其妙。那封信,支那通说:他们要留下来做参考,希望我送给他们。这分明是强盗的仁义,我也慷慨地答应了。我想,假使东京的警视厅没有被炸毁,那封信或许到今天,都还被保存在他们的档案里的吧?

端了两碗日本面来,是一种没有卤的粗条面,他们叫着“乌东”,汉字是写成“馄饨”的。我草率地吃了,我道谢了他们。这次可该我走了。我问他们:是不是还要送我回市川?那位押解我来的壮汉说:“不了,你的地理不是很熟悉的吗?”我明白他的话里面是有意义的,但我没有再多说话,我动身走了。

那是阴郁的一天,走出了警局的大门,我看着一天的阴郁,而这阴郁差不多是透彻着我的内心的。我自己很明白,我只是从一间窄的牢房被移进宽的牢房,从一座小的监狱被移进大的监狱。但我背后却留下了一样东西,那便是在拘留所中和我同住了一天两夜的秃松。我没有办法去向他告别,我很感觉遗憾。他以后在拘留所里面不会再看见我,我相信他一定会替我高兴,他会以为我是得到“自由”了。他是泰然的,但我能泰然吗?可惜我的旁边失掉了这样的一个泰然,而且是永远失掉了!

站在这警察局的门外,踌躇了好一会,我看定确实也没有什么人跟我,我便踱过街去。

京华堂就在斜对面的街上,我踱进那店里,打算去打听小原荣次郎的情形。我在这儿又看见了鲁迅写的那首诗:

椒焚桂折佳人老,独托幽岩展素心。
岂惜芳心遗远者?故乡如醉有荆榛。

那是一幅小中堂，嵌在玻璃匣里面，静静地悬挂在账台旁边的壁上。小原老板娘出来了，态度很冷淡，而且有点不耐烦。我问小原，她说上半天才放出来，洗了澡，吃了中饭，在睡午觉。接着就开始了她的唠叨。但她使我弄明白了，原来火头就是小原。小原时常跑上海办货，因为有走私的嫌疑，受了警察的搜查，而在他那里，却发觉了他和我有往来，因此便受了两倍的嫌疑，而被拘留了。他被拘留了五天，要多我两天。这多了的两天是东京警视厅对我的暗访，和他们行文到市川警察局，正式会同拿捕，所费掉了的。在我被抓前两天的中午时分，有几个刑士样的人，曾在我住宅周围盘旋过，那一个疑团到这时也才冰释了。

老板娘很直率，她明白地说："小原在埋怨你，要你以后不要再由我们这里兑款子了。"小原在北伐期中曾经到过广州，那时他替安娜们照过一些相片，老板娘也取了出来交给我。她说："小原说的，打算给你们寄来，我现在就亲手交给你了。"我知道，他们是要乐得一个干净，免得将来再惹是生非的。我道了歉，并道了谢。但我揣想：恐怕老板娘还不知道我也被拘留了三天，我便告诉了她。她说："是的，我知道的。小原看见了你，也听见局里面的人说。"

于是我就象一只落水鸡一样离开了京华堂。想到村松梢风也可能是受了连累的，便乘电车到骚人社去。果然，他那一间在楼上临街的编辑室，坐满了客人，都是来慰问他的。"骚人"另外显示了一个新的意义，便是骚攘不宁的人了。村松完全失掉了他那娓婉持重的常态，非常兴奋地在向着客人们诉说他的经过。

原来在我被抓的那一天傍晚，他的编辑所也被搜查了。村松当时不在家,他的太太便被抓去做了人质。第二天清早村松自行去投局,才把太太换了回来。他们更不幸的是被拘留在神田区的警察局,便是秃松所说的“最下等的地方”。一间牢房里拘留着二十来往个人,村松和他的太太,各个在那样的猪圈里挤着坐了一夜。村松是在午前释放出来的。

村松和他的夫人对于我的态度都忽然地陌生起来了,他们的怨恨似乎都集中到了我的身上, 在座的客人都以异样的眼光看我。我感觉着我的周身时而在作寒作冷。这真是有趣,我是拿着中国钱到日本来过生活的,我犯了你日本什么呢?白白地关了我三天,受了无穷的侮辱,但谁也没有向我道过一声歉,仿佛我是罪有应得,而且我还自不知趣,跑来连累了别人。我知道,我是被眼前的人们视为瘟神了。

好吧,我就知趣一些! 我匆匆地,差不多等于狼狈地,又从骚人社告辞了出来。我很想往品川去看看斋藤家的情形,但我再没有多余的勇气了。几天来的疲倦,一齐冲集了上来,脑子突然痛得象要炸裂。满街的日本人看来都象是刑士。我没有胆量去坐电车,我受不了那满电车的刑士的眼光。于是我在街头任意雇了一乘圆托,闭着眼睛便一直让它驶回了市川的寓所。

二

回到市川已经是傍晚时分了。家中的一切和往常一样,小的一个女孩子,照样的欢呼着跑来拥抱着我。因为她的母亲瞒着了她, 她竟以为我是去旅行了回来, 看见我没有带回些土产,倒表示了小小的失望。

安娜告诉我:我去东京后,以为当天晚上便可以回来的,没想到竟没有回来。第二天她才邀请横田兵左卫门同往东京，去访问那思想检事平田熏。据平田的表示也是没有问题的，很快就可以回家。她到品川去过，斋藤家算没有受波及，虽然有人去调查过，但没有拘留他们。市川的警察局很客气，他们对于东京警察的越俎代庖，抱着不平。横田家也是安然无恙的。

这些对于我当然是很大的安慰，我为表示我的歉意和谢意，便和安娜一道去访问横田。

横田还是那样豁落着一双眼睛，把手障在嘴前面说话，但他也好象有点从梦里醒来的样子。他抱歉而又似乎讽刺地说，他的翅膀太小了，掩护不了我这个“鸵鸟蛋”。——他是这样比譬我，在他或许是出于恭维，而在我却是感着了侮辱。然而他也尽了他的至善，倒是事实，我自然是感谢着他的。他又说：也好，一切都扯开了，以后不会再有问题了。

是的，也好，以后还会有什么问题呢？我的行动以后一直是受着了两重的监视：一重是刑士，一重是宪兵。但事实上还不仅止这两重，而是在这两重之外，还有重重的非刑士、非宪兵的日本人的眼睛，眼睛，眼睛！

周围的空气的确是变了，邻人们都闪着戒备而轻视的眼光。那对于我倒还比较简单，对于安娜是应该更复杂的了。那分明是在说：“你太不自爱，以一个日本女人，而嫁给支那人做老婆，而且是一个坏蛋！”

这是使人受不了的。因此我们便决定搬家，特别是安娜，搬家的心异常迫切。

当然我们也不能搬得太远，而且也不好搬出市川。就在真间区的北部有一带浅山，名叫真间山(Mamayama)。那山上有一座佛寺，有茂盛的松林，也有可供眺望的一座亭子。我是时常带着孩子们到那儿去散步的。从那亭子上可以俯瞰市川的市容，遥望江户川的上下游和彼岸的东京郊外。就在那山脚下不远处，在供奉着女神“手儿奈”(Tekona)的神社旁边，我们找着了一间新造不久的房子，从地位、大小、房金来说，都使我们相当满意。在我从东京回来，不出十天光景，我们便搬到这儿来了。

这是一座相当僻静的家。它有一间书房，一间正室，一间侧室，附有玄关间、厨房和浴室。背着真间山，坐北向南。屋前有一条甬道，东西横贯。东头是大门，西头是一区水井地带。以短短的栅栏隔出后门，和外面的一带小小的死巷相通。经过那死巷可以通往街道。那便是北通真间山、南通市川镇的大道了。大门倒是向田野开放着的，隔不两家便是田畴了。大门内有一片园地，只在篱栅边种了些樱花树和夹竹桃之类，地面空旷着，在等待着居住的人把它辟成花园或者菜圃。这园地在房屋的东头，可接受全面的阳光，小小的书斋便是面临着这片园地的。书斋在东南两面开窗，窗外有回栏可凭眺，的确是可以够得上称为小巧玲珑。小巧处呢？是在它只有四席半的容积。我特别喜欢这书斋，我的那套三部曲：《中国古代社会研究》《甲骨文字研究》《殷周青铜器铭文研究》，主要地就是在这儿写出的。

读过我《中国古代社会研究》的人，应该还记得那里面有一篇《周金中的社会史观》吧？那是就周代的金文来研究周代的社会的。在那文章后面有这样的一行标注：“一九二九年十一月七日夜，一个人在斗室之中，心里纪念着一件事情。”所说的“斗室”便是这座书斋了。心里所纪念着的是什么事情呢？那是和“十一月七日”那个日子有关联的十月革命。在三年前，我在武昌筹备纪念这个日子，就在当天晚上，奉命往九江、南昌一带去做工作。那些情形是活鲜鲜地在我脑中显现着的。

读过我《甲骨文字研究》的人，应该还记得那里面有一篇《释支干》吧？那书是我用毛笔写出来石印的。在那《释支干》里面有一段的字迹特别写得粗大(第三十九页)，那也是我坐在这斗室里面，发着高烧，所力疾写出的痕迹了。当时因为昼夜兼勤的研究，昼夜兼勤的写，不幸着了寒，便发出了高烧。文字愈写愈大，结果终竟不能支持，睡倒下去了。

象这些往事，就在目前回想起来，都还感觉着颇有回味。还有好些往事是和这书斋、和这家，是有关的，因而我至今还忆念着这座书斋和这座家。

但这座家也有一点相当大的缺陷。在家的正南面是一家有钱人家的后园，有一间很高的仓库，劈面地立在玄关前面。这样，在冬天便把太阳光完全挡着了，而在夏天呢又要挡着南风。这便使住居的人，冬不暖而夏不凉。这所意味的缺陷是怎样大，在有多数儿女的母亲是特别感受着的。

不过在我倒满不在乎。尽管冬不暖，总冷不过零度以下的西比利亚，夏不凉，也总热不过赤道地方，而在我却有宁愿住在西比利亚或赤道地方的苦境。

初到市川的时候，因为向警察和市政当局打过招呼，他们倒委实宽大，对我的戒备是很松泛的。自从东京警察拘留过我一次之后，他们却把我当成为“巨头”了，于是便特别增设了一位刑士来专门管我。我要到东京去他总是跟着我的。呆在家里的时候，隔不两天，他便要来拜访，扭着谈些不相干的话，消耗你半个钟头光景，他又各自走了。时间虽然只有半个钟头，但他留下的不愉快，至少可有你半天。

但这刑士的监视倒还比较容易忍受:因为他还比较讲礼。刑士来拜访的时候,总还走前门来,在玄关门口打着招呼。你理也好,不理也好,他是不敢上你的居室的。他的目的,只在看你的动静,看你是不是在家。只要这目的达到,在他便算尽了责任。有时有初来接任的刑士,恭敬的礼貌每每还要出乎你的意想之外。凡是在这新旧交替的时候,旧的刑士要把新的刑士带来见面,那新来者因为是才从乡下来,没有见过大世面,他听说我是“巨头”,自然就愈见要必恭必敬了。日本人的平常用语和称谓,尊卑之间是大有分别的。同样意义的话,说得愈长,用的字眼愈复杂, 便愈显示对人的恭敬和自视的谦卑。称谓呢,同样的一个你字吧,便有好多种。对于有官阶的人,文官自简任以上,武官自少将以上,便一律称为“阁下”了。我因为在政治部做工作的时候,曾领受过中将衔,他们便以为我是真正的武官,照例也就以“阁下”称我。在我虽然感觉着难堪,而在他们也倒是习惯成自然的。

有一次横田告诉我:乡下的刑士对中央的要犯是特别尊敬的。因为怕出了岔子,他自己的饭碗要打破。他叫我不妨试一试:凡有刑士跟你的时候,你可以把你的提包交给他,他会给你提的。因为那样他可放心你不会跑,而你当然也就算是得到一位义务跟班了。我照着这话试过,果然没有遭到拒绝。

又有一次,有初来的刑士来拜访,谈话间他客客气气地问我:阁下,你的部下还有多少人啦?

他自然是视我如同国内的一班军阀,自己虽然亡命在外,而每每有残留部队在国内的。我和他开玩笑,便举出了四个指头。我的意思是说,我有四个儿女。(我当时是只有四个儿女的。)

——哦，那不得了啦！——刑士吃惊地说：四万人吗？那可要很大一笔数目来办给养啦！

我心里好笑，但也随他去吧，就让他把我看成为四万人的头领。

这刑士的监视委实是比较容易受的，但最难忍耐的就是日本宪兵。

市川是大东京东面的桥头堡垒，虽然是一个小市镇，但有一个师团在镇守着。师部就在真间山的背后，有很大的一个练兵场，步、骑、炮、工、交通、轻重各种兵种都有。时常看见他们在操练，或整日地用大炮起轰。因此，在市川也有一个宪兵营驻扎着。我初来的时候，和宪兵没有关系，没有去打招呼。住了半年，他们也不曾注意过我。但自从我被拘留过一次之后，他们也把我作为监视的对象了。

我们一搬到了这新居来，凑巧地也就添上了这新的监视。这新来者却异常横暴。那是一位宪兵中士，往常在街头可以偶尔看见的，他便成为了我的主顾。开头差不多天天来，全不打招呼，从那死巷里一直闯进后门，打从那甬道又一直走出前门。这是犯了家屋侵入罪的。在他们日本的国法上是不允许的事情，然而那闯入者却大摇大摆地行其所无事。在不知第几次了，是一天星期的上午，我正在走廊上坐着看报，那侵入者又来了，我忍耐不过，干涉了他。他索性从那甬道跨过短栅，跨上了正屋来。

——怎么样，——他咆哮着。我是奉命看管你的！

——岂有此理！你管不着我！——我也咆哮起来了：你犯了你们的国法！

——哼，你是支那人，我们的国法不是为“枪果老”(日本人对中国人的恶称)设的。你有胆量就回你的支那去,我却有胆量就在你支那境内也要横行,你把我怎么样?

我的脑袋子快要炸裂了。他确实是在中国境内也可以横行的人;而我自己呢,连祖国都不能见容,我能把他怎么样呢?

安娜来解围了。她端着茶,并还把预备给孩子们吃的糖点送来奉献,我各自退进我的斗室里去了。隔着纸窗,听见她在向那宪兵中士款待。

——我的先生近来神经受了激刺,容易兴奋,请你不要介意。接着又说:你来看我们是很欢迎的,刑士先生们也时常来,但请以后不要客气,从正门进来好了。

低首下心地说得很婉婉,但幸好也还有些骨子在那里面。那宪兵吞吞吐吐地回答了一些,也各自走了。听那脚步声,是还有余怒未泄,在向我示威。

经过这一次的咆哮,倒也有些收获。那位中士后来不见来了,另外换了一个。每逢来时,也从正门进来,打着招呼了。但他会随意跨过短栅,坐到回廊上来。

这也是这座新居留给我的一个极深刻的记忆。我只要一回想到它,那些宪兵们的身影,便要浮现出来。他们始终是穿着马裤的,脚上套着一双黑皮的长统马靴。有一个时期,我只要一看见那种长统马靴,我的神经就要发生作用,就仿佛有这种马靴在我头上践踏的一样。但我应该感谢这种马靴,我应该感谢那条死巷,我应该感谢那样位置着可以任人穿堂而过的家,是它们凑积起来,构成了一个机会,让日本帝国主义的横暴,虽是小规模、而却十分形象化地对我表演着。这所给予我的反应,是永远不能模棱下去的,它使我不能忘记:我是中国人!

三

在八月初,我研究《易经》的时候只费了一个星期,接着我又研究起《诗经》和《书经》来了。这回却费了半个月。在我把《诗书时代的社会变革与其思想上的反映》的初稿写好之后,我便踌躇起来了。读过我的《中国古代社会研究》的人,请把关于诗书研究的那一篇的末尾翻出来看看吧。那儿是这样写着的:“一九二八年八月二十五日初稿,十月二十五日改作。”初稿的写出至改作足足隔了两个整月,这所表示的是什么呢?这表示着在我的研究程序上,起了一个大转变。

首先我对于我所研究的资料开始怀疑起来了。《易经》果真是殷、周之际的产物吗?在那样的时代,何以便能有辩证式的形而上学的宇宙观,而且和《诗》《书》中所表现的主要是人格神的支配观念,竟那样不同?《诗经》的时代果真如《毛传》或《朱注》所规拟的那样吗?他们究竟有什么确实的根据?《诗经》不是经过删改的吗?如是经过删改,怎么能够代表它本来的时代?《书经》我虽然知道有今文和古文的分别,在今文中,我虽然知道《虞书》《夏书》的不足信,但《商》《周》诸篇,也是经过历代的传抄翻刻而来的,它们已经不是本来面目。——这同样的理由,对于《易经》和《诗经》也是适用的。毫厘之差可以致千里之谬,我们纵使可以相信《易》《书》《诗》是先秦典籍,但它们已经失真,那是可以断言的。因此要论中国的古代,单根据它们来作为研究资料,那在出发点上便已经有了问题。材料不真,时代不明,笼统地研究下去,所得的结果,难道还能够正确吗?

再次，我的初期的研究方法，毫无讳言，是犯了公式主义的毛病的。我是差不多死死地把唯物史观的公式，往古代的资料上套，而我所据的资料，又是那么有问题的东西。我这样所得出的结论，不仅不能够赢得自信，而且资料的不正确，还可以影响到方法上的正确。尽管我根据的公式是确切不移的真理，但我如果把球体的公式拿来算圆面，岂不会弄出相隔天渊的结果来？别人见到这结论的错误，粗率一点的，岂不会怀疑到球体公式的无稽？而这个公式的正确与否，事实上我在我所根据的资料中也还没有得到实证。那么，我的努力岂不是拿着一个银样蜡枪头在和空气作战吗？

我踌躇了，我因而失掉了当初的一鼓作气的盲动力。但我也并没有失望，我把我自己的追求，首先转移到了资料选择上来。我想要找寻第一手的资料，例如考古发掘所得的，没有经过后世的影响，而确确实实足以代表古代的那种东西。这样的东西，在科学进步的国家是很容易得到的，但在我们中国，却真是凤毛麟角了。我在这时回忆到了一九一六年前后。那时我在冈山第六高等学校肄业，在学校图书馆的目录里面，曾经看见过罗振玉编著的《殷虚书契》那样的名目。我虽然不曾取来看过，但我猜想它会是关于古代的东西。我就凭着这一点线索，有一次(大约就在八月尾和九月初)便往东京上野图书馆去查考。

上野书馆的藏书是相当丰富的，但专门书籍却很少。可我很幸运，就在目录里面却查出了有《殷虚书契前编》，而我便立地借阅了。一函有布套的四本厚厚的线装书，珂罗版印，相当讲究。书的内容，除掉书前编著者罗振玉的一篇简略的序文之外，纯粹是一些拓片。我虽然弄明白了那是安阳出土的甲骨文字,而出土地小屯在洹水之南,根据《史记·项羽本纪》知道是殷朝的废墟,所以这些文字便是殷代的遗物了。但那毫无考释的一些拓片,除掉有些白色的线纹,我也可以断定是文字之外,差不多是一片墨黑。

然而资料毕竟是找着了,问题我得读破它,利用它,打开它的秘密。我这个进一步的要求,不能由上野图书馆来得到满足,它除了有这一部《前编》而外,其他同样性质的东西什么也没有。

于是我又想到了可以问津的第二个门路。一九一四年我初到日本,在东京本乡第一高等学校读预科的时候,曾经有朋友引我到附近的一座专卖中国古书的书店里去过。我记得那书店的名字叫文求堂。那书店有一个特色,是它有一个书房可以让买书的人去休息,看书,店员还要向你晋茶。那时因为我准备研究医药,和中国书没缘,后来也不住在东京,我也就只去过那么一两次。现在我对于它感觉着迫切的需要了。我往本乡区去找寻它。它就在本乡一丁目,离上野图书馆不很远,门面已经完全改观了。在前仿佛只是矮塌的日本式的木造平房,而今却变成黑色大理石的三层楼的西式建筑了。屋脊和大门顶上都点缀着一些中国式的装饰,看来有些异样,仿佛中国的当铺。

卖的中国书真是多。两壁高齐屋顶的书架上塞满着书,大都是线装的。两旁的书摊和一些小书架上也堆满着书,大都是洋装的。靠后左边是账台,右边横放着一张餐桌,备顾客坐息。后壁正中有一道通往内室的门,在那两侧有玻璃书橱,也装满着书。这书橱里的书,大都是一些线装影印的比较珍贵的典籍了。

店主人姓田中，名叫庆大郎，字叫子祥，把文求堂三字合并起来作为自己的别号，也叫着救堂。(这是有点类似于儿戏，实际上救字并不是“文求”二字的合书。)年龄在五十以上。他是连小学都没有毕业的，但他对于中国的版本却有丰富的知识，在这一方面他可远远超过了一些大学教授和专家。他年青时候曾经到过北京，就全靠买卖上的经验，他获得了他的地位和产业。大约在日本人中，但凡研究中国学问的人，没有人不知道这位田中救堂；恰如在上海，但凡研究日本学问的中国人，没有人不知道内山完造的那样。我在当天走进这文求堂的时候，就在那餐桌后面，发现了一位中等身材的五十以上的人。没有什么血色的面孔作三角形，两耳稍稍向外坦出，看来是经过一种日本式的封建趣味所洗练过的，那便是这位书店老板了。

我去向他请教，问他有没有研究“殷虚书契”的入门书。

他说有的。立地便从一处书架上取下了两本书来，递给我。

那是淡蓝色封面的两本线装书，书名叫着《殷虚书契考释》，是天津石印的增订本。我翻开了书的内容一看，看见那研究的项目，秩序井然，而且附有字汇的考释，正是我所急于需要的东西。价钱呢？要十二圆。在当时这决不是菲薄的数目，而我自己的身上却只有六圆多钱在腰包里。我便向老板提议：好不好让我把六圆钱做抵押，把书借回去看一两天？

书店老板踌躇了一下，婉婉地拒绝了。但值得感谢的他却告诉了我一个更好的门路。他告诉我：要看这一类的书，小石川区的东洋文库应有尽有。你只要有人介绍，便可以随时去阅览的。那东洋文库的主任是石田干之助，和藤村成吉是同期生啦。

真的，我真是感谢他这个宝贵的指示。他虽然没有慷慨地借书给我，但我是不能怪他的。因为那时候他不认识我，我也不认识他。我以一个陌生的外国人而向他提出了那样的请求，倒是唐突得未免太不近情理了。

我照着他的指示进行了。靠一位相识的新闻记者川上(Kawakami)的帮助，一同去拜访藤村。藤村在我们中国人中是有名的，他是日本文坛上的左翼作家，他和我有过师弟的关系。在冈山六高时代，他教过我一年的德文。藤村很恳挚地欢迎着我，介绍信不用说毫不推辞地便替我写了。我那时还没有公开地使用自己的本名，川上却把他自己在中国时所使用过的假名林守仁，又让我假上了。

东洋文库是日本财阀三轮系的私人图书馆，它是属于川琦家的。川琦两兄弟，兄的一位购买了皕宋楼的宋版书，成立了静嘉堂文库；弟的一位购买了曾充袁世凯顾问的莫理逊的藏书，而成立东洋文库。兄弟两人，隐隐是东京学术界的保护者。莫理逊的藏书本偏于近代欧美人研究东方的著作，归入东洋文库以后，又添置了不少的新旧书籍。关于中国的地方志书、县志、府志之类的搜集，据说也是相当丰富的。

文库在小石川区的一条比较僻静的街上，三层楼的建筑，相当宏大。以白鸟库吉博士为主帅的日本支那学者中的东京学派，是以这儿为大本营。白鸟本人(他便是法西斯外交官白鸟某的父亲)除在东京帝大担任教授之外，在这儿有他的研究室，经常住在这儿的三楼。他的下边的一群学者，大多是受了法兰西学派的影响。而又充分发泄着帝国主义的臭味的。对于中国的古典没有什么坚实的根底，而好作放诞不经的怪论。

有一位著名的饭田忠夫博士，便是这种人的代表。他坚决主张中国人是没有固有文化的，所有先秦古典，一律都是后人假造。中国的古代文化，特别关于星算之类，是西纪前三三四年(战国中叶)亚历山德大王东征之后才由西方输入的。因此凡是古文献中有干支之类的文字，在他认为尽都是后人的假托。甲骨文和金文里面的干支文字极多，而这些东西都是在西纪前三三四年之前，不用说也就都是假造的东西了。这样的论调与其说是学术研究，宁可说是帝国主义的军号。东京学派的人大抵上是倾向于这一主张的，因而他们对于清乾嘉以来的成绩，不仅不重视而且藐视。关于甲骨文和金文之类，自然也就要被看成等于复瓿的东西了。

我所要研究的正是他们所藐视的范围。因此，我在人事方面，除掉那位主任石田干之助之外，毫无个人的接触。而在资料方面，更是河水不犯井水。在那文库里面所搜藏着的丰富的甲骨文和金文，便全部归我一个人独揽了。

一个事情看起来好象很艰难，只要你有决心，干起来倒也很容易。在当初，我第一次接触甲骨文字时，那样一片墨黑的东西，但一找到门径，差不多只有一两天工夫，便完全解除了它的秘密。这倒也并不是我一个人有什么了不起的本领，而我是应该向一位替我们把门径开辟出来了的大师，表示虔诚的谢意的。这位大师是谁呢？就是一九二七年当北伐军进展到河南的时候，在北平跳水死了的那位王国维了。

王国维的存在，我本来早就知道。在他生前，我读过他的一部《宋元戏曲考》，虽然佩服他的治学方法的坚实和创获的丰富，但并没有去追求过他的全部。他在中国古代史上，在甲骨文字的解释上，竟已经建树了那样划时代的不朽的伟业，我是一点也不知道的。读到了《殷虚书契考释》,对于他的感佩又更加深化了。那书的一首一尾都有他做的序,不仅内容充实,前所未有而文笔美畅,声光灿然,真正是令人神往。再有是这《殷虚书契考释》在文库所藏的是初版(一九一五年),是王国维手写影印的,和增订版略有不同。当我读到这初版的时候,我不禁起了这样的怀疑:这样的有条理、极合乎科学律令的书,会是罗振玉的著作吗?它的真正的作者不可能就是王国维吗?罗振玉自己曾经写过一本小册子《殷商贞卜文字考》(一九一〇年),相隔仅仅五年,而两书之间是丝毫也找不出条贯性来的。这个怀疑不久我便证实了,原来是罗振玉花了三百元,买了王国维的著作权并著作者的名誉。

王国维家贫,在早年曾受罗振玉的资助和提挈,他们之间便发生了密切的关系。辛亥革命之后,罗以清朝遗老的资格逃亡日本,王国维成了他的同路人。他们同住在京都。(日本的旧都,和东京对言亦称为西京。)在这儿住了三年,《殷虚书契前编》和《考释》的编印,都是在这期间完成的。王国维把自己的著作、名誉卖给了罗振玉,明显地是出于报恩,而这位盗窃名义的文化贩子罗振玉,到后来竟逼得王国维跳水。(王之死,实际是出于罗之逼,学术界中皆能道之。)罗更参加了伪满洲国,那倒是有他的一贯之道的了。

王国维在东京学派的那一群人中,虽然不甚被重视,但和东京学派对立的西京学派,却是把他当成为一位导师在崇拜着的。他们有着一个"观堂学会",每年五月三日王国维的忌辰,是要开会纪念的。那态度似乎比国内的王氏弟子们还要来得虔诚。这也是理所当然的事。日本的西京学派事实上是在王国维的影响之下茁壮了起来的,他们的成就委实是在东京学派的霸徒们之上。这一派的领袖是内藤湖南和狩野君山,他们和王国维都有过密切的交游。《观堂集林》(卷二十四)里面有好些诗是叙述着这些往事的。请看那《送日本狩野博士游欧洲》的一首吧,一开首便说“君山博士今儒宗,亭亭崛立东海东,……自言读书知求是,但有心印无雷同”,可见作者对于狩野的相当器重。中间又说到“卜居爱住春明坊,择邻且近鹿门子,商量旧学加邃密,倾倒新知无穷已”,春明坊便是王国维在京都的住处,他们彼此之间在学术上的接触,在这诗里是坦白地陈述着的。再请看他那《海上送日本内藤博士》一首吧,那是王国维回上海之后,在内藤湖南到中国来游历时做来送他的诗。中间叙述到在京都时钻研《卜辞》和有所收获的情形,而称许了内藤对于王氏学说的推挽,所谓“多君前后相邪许,太丘沦鼎一朝举”,这更足以看出王氏的自负和对于内藤评价的分寸。西京学派就这样在王国维的影响下,他们才脱出了宋、明旧汉学的窠臼而逐渐地知道了对于清代朴学的尊重。对于中国学问的研究上,日本的学术界可以说是落后了三百年,但他们在短期间之内却也把那三百年的落后填补起来了。

我跑东洋文库,顶勤快的就只有开始的一两个月。就在这一两个月之内,我读完了库中所藏的一切甲骨文字和金文的著作,也读完了王国维的《观堂集林》。我对于中国古代的认识算得到了一个比较可以自信的把握了。在这些书籍之外,我连带的还读到其他的东西,我读过安德生的在甘肃、河南等地的彩陶遗迹的报告,也读到北平地质研究所的关于北京人的报告。凡是关于中国境内的考古学上的发现记载,我差不多都读了。因此关于考古学这一门学问,我也广泛地涉猎了一些。这些努力便使我写成了《卜辞中之古代社会》的那一篇,文章的末尾虽然写着“一九二九年九月二十日脱稿”，但大体上在一九二八年的十月，已经基本完成。只是我的社会研究逐渐移向到文化研究的阶段上去了。我在甲骨文中发现了“岁”字的存在，由此而有天文学上的研究，得以知道十二支文字本是黄道周天十二宫的星象，而它的起源却是巴比伦。这些研究主要便汇成了我那《释支干》和《释岁》的几篇，那是收在《甲骨文字研究》里面的。我在完成这些研究上差不多费了一年工夫。国内有不少的朋友曾经帮助过我，特别是李一氓(就是李民治)，他替我把所需要的书，陆续地收集，购寄，使我跑东京的时间也就省下了。

四

朋友们或许会发生疑问吧？我亡命到日本后，把全部精力完全沉浸于这些古代文物的研究里；我是拖着一家六口的人，我怎么会有这样的余裕来做这样冷僻的工作？请记起吧，这就是我应该感谢朋友的地方，特别是创造社的那一批朋友。

他们每月在送生活费来，我省却后顾的忧虑，因而便得以集中全力来解决我自己所想解决的问题。假使没有创造社，没有朋友，我那些工作是绝对做不出来的。古时候的人也知道朋友的宝贵，列之为五伦之一；而在我，朋友这一伦更有它的超越的宝贵了！朋友不仅给予了我以物质的支持，而且给予了我以精神的成长。

但是自成立以来便在风雨飘摇中的创造社，终于在一九二九年二月七日，便是我流亡日本后一周年光景，被封锁了。在国内的朋友们的处境比我更加困难了，我的每个月一百元的生活费,从此也就断绝了。

怎么办呢? 一家人饿死在日本吗?

不,我们倒也还不是那么毫无独立自主性的可怜虫! 安娜处家是俭约的,到了日本后,家政一直是她自己在操持,炊爨洒扫,洗衣浆裳,乃至对外的应付,一切都全靠着她。那时儿女还小,用费也不十分大,因此在每月百元之内,总有一些积余,这便解决了我们所间接受到的突然来的打击。但我对于古代的研究不能再专搞下去了。在研究之外,我总得顾计到生活。于是我便把我的力量又移到了别种文字的写作和翻译。我写了《我的幼年》和《反正前后》,我翻译了辛克莱的《石炭王》《屠场》、稍后的《煤油》,以及弥海里斯的《美术考古学发现史》。而这些书都靠着国内的朋友,主要也就是一氓,替我奔走,介绍,把它们推销掉了。那收入倒是相当可观的,平均起来,我比创造社存在时所得,每月差不多要增加一倍。这样也就把饿死的威胁免掉了。

我开始在国内重新发表文章时还不敢用本名。朋友们想来还记得吧?我的关于《易》《诗》《书》的那两篇研究,最初发表在《东方杂志》上,用的是"杜衎"的假名。《石炭王》《屠场》《煤油》,用的是"易坎人"。这些假名的用意是这样的。我的母亲姓杜,而我母亲的性格是衎直的,我为纪念我的母亲,故假名为杜衎。我自己是一个重听者,在斑疹伤寒痊愈之后,虽然静养了一年,而听觉始终只恢复到半聋以下的程度。《易经》上的坎卦,其"于人也为聋",故我这个聋子便取名为易坎人。据懂侦探术者说:一个人取假名,总是和自己的真名有点连带的;但我敢于说,无论怎样高明的侦探,看到这"杜衎"和"易坎人"便知道是郭沫若,我相信是绝对不会有的吧。

但后来我的本名又渐渐被人使用了——是的，在这一点上，我的确是被动。那是因为时间经久了，我并没有从事实际上的任何活动，而我所写的东西，不是文艺作品便是历史研究，乃至如甲骨文、钟鼎文那样完全骨董性质的东西，再说郭沫若三个字的商品价值究竟要高一点，因此郭沫若又才渐渐被人使用起来了。

当我把《卜辞中的古代社会》写好之后，我便起了一个心，想把那些关于古代文物的研究，汇集成为一部书。于是我又赶着写了一篇《周金中的社会史观》，便集成了一部《中国古代社会研究》。这书便是由出版者用我的本名发表的了，于是一时成为哑谜的杜衎又才出现了原形。

我也翻译了马克思的《政治经济学批判》和《德意志意识形态》，两部书都经由王礼锡的接受，由神州国光社出版。前一书出版时把我写的一篇序言丢掉了，后一书一直被积压着，是在抗战期中才出版了的。但前书的出版，也公然用的是我的本名。这书曾经遭过禁止，坊间后来把封面改换发行，译者是作为李季。这种本子我相信，留在世间的一定不很少。

关于《甲骨文字研究》的出版是费了一些周折的。我从一九二八年的年底开始写作，费了将近一年工夫，勉强把初稿写成之后，我曾经邮寄北平，向燕京大学的教授容庚求教。我和容庚并无一面之识，还是因为读了王国维的书才知道了他的存在。王国维为商承祚的《殷虚文字类编》作序，他提到四位治古文字学的年青学者，一位是唐兰，一位是容庚，一位是柯昌济，一位是商承祚。我因为敬仰王国维，所以也重视他所称许的这四位年青学者。商承祚的《殷虚文字类编》我是读过的，他是把《殷虚书契考释》关于文字的一部分稍稍扩大了，而根据说文部首从新编制的，虽然并没有多么大的发明。但商的住址我是不知道的。唐、柯二位，不仅住址不知道，连著作也还不曾见过。容庚，我见过他的《金文编》，那也是依说文部首编制的金文字典，比起吴大澂的《说文古籀补》来更加详审，在研究金文上，确曾给予我以很大的帮助。它不失为一部有用的工具书。容庚在燕京大学任教职，而且是《燕京学报》的主编者，由每期的学报是容易发现的。因此，我对于容庚，不仅见过他的著作，而且知道他的住址了。我就以仿佛年青人那样的憧憬，也仿佛王国维还活着的那样，对于王国维所称许的四学士之一，谨致我的悃忱，而以我的原稿向他求教。我得感谢容庚在资料上也曾经帮过我一些忙，他曾经把很可宝贵的《殷虚书契前编》和董作宾的《新获卜辞写本》寄给我使用过。但他在学问研究上却没有使我得到我所渴望着的那样满足。——这些情形，我曾经写在《甲骨文字研究附录》《一年以后之自跋》里面，那是“一九三〇年八月十日”写的文字了。但在那里面也有不曾写进去的一些经过。

原稿寄给容庚后，他自己看了，也给过其他的人看。有一次他写信来，说中央研究院的傅孟真(斯年)希望把我的书在《集刊》上分期发表，发表完毕后再由研究院出单行本。发表费千字五元，单行本抽版税百分之十五。这本是很看得起我，这样的条件在当时也可算是相当公平，但我由于自己的洁癖，铁面拒绝了。我因为研究院是官办的，我便回了一封信去，说：“耻不食周粟。”

我一面拒绝了别人的好意，一面却在上海方面找寻出版的机会。我曾经托过友人向商务印书馆交涉，就在这儿我的傲慢却得到了惩罚。商务的负责人连我的原稿都不想看也铁面拒绝了。在商务印书馆的人们要拒绝，当然有他们的充分的理由。像研究甲骨文字那样的书，首先就不能赚钱，而研究者又是我，在他们当时或许会以为我是在发疯吧。因此也就无须乎客气，还要来看我的什么原稿。

但我的原稿在北平方面曾经看过的人确是很多，有人告诉我，他在钱玄同的书桌上也看见过它。出门太久了，我怀念起来，几次写信去要回，都没有达到目的，弄得我自己都有点后悔了。但足足又经过了一年工夫，终竟寄回到我的手里，而原稿的白纸边沿都快要翻成黑纸了。幸好是用日本半纸写的，纸质坚韧不容易磨灭。

《甲骨文字研究》的原稿在北平旅行的期中，我又写成了《殷周青铜器铭文研究》上下两册。这次我不敢再寄回国了；然而我却又起了一次野心，我把我的两部原稿曾拿去找过东洋文库的主任石田干之助。我看到文库也在出版学术编著，又看到日本学界也每每用汉文出书，我真是不揣冒昧，竟想把我的论著也拿去尝试。我是在这样想，我的研究是在文库发轫的，我很感谢这一段因缘，假使我的书可以由文库印行，那也就可以表示我的谢意了。报酬多少是在所不计的。石田是长于外交的人，他没有立地拒绝我，要我把稿子留下，让他请一两位专家看看，我自然也就留下了。然而我是明白的，在日本方面究竟有谁是这种古文字学研究的专家呢？

一个月过了，我再去向石田请教。他把原稿退还了我。他说：太难懂了，在日本方面恐怕没有办法出书。这或许是真情话，他是不是在笑我，我不知道，我自己对着自己倒是在笑了：真是太不知自爱！国立的官立机关要出版，你能说“耻不食周粟”，今天却要来向着外国资本家的账房乞怜，岂不是自讨没趣？

但这两部书的出版虽然经过一些周折，仍然应该感谢一氓，是他向上海大东书局为我交涉办成功了。交涉的经过情形我不知道，当时李幼椿在担任大东的总编辑，或许是他念到同乡的关系，承受了下来的吧？那时《中国古代社会研究》已经出版，对于这两部书的印行，想必也有着催生的作用。《中国古代社会研究》出版于一九三〇年的年底，出书之后大受欢迎，很快便再版、三版了。这书似乎保证了甲骨文和金文的研究也并不是不可能赚钱，同时也似乎保证了郭沫若也要研究甲骨文和金文并不是真正在发疯了。事情终竟是值得感谢的，大东竟肯承印这两部书，而且同时承印。他们在报纸上大登广告，征求预约。那广告之大在当时曾突破纪录，这可替我发泄了不少的精神上的郁积，我很高兴。并不是因为这样使我大出了一次风头，不，我不是那样的风头主义者。老实说，有时候我自己看见这郭沫若三个字都有点讨厌。但我看见那大规模的广告实在很高兴！那替我在这样作吼：本国的市侩和日本帝国主义者的文化前卫们，你们请看，你们所不要的东西，依然是有人要的！

两部书是一九三一年的初头出版的，书局方面每一种送了我二十部。我在一天清早，日期不记得了，接到这些书的时候是多么的愉快呀！我可流下了眼泪。就在那天中午，安娜特别煮了红豆饭来庆祝，我是记得的。但就在那天下午三点钟的时候，宪兵也来了。宪兵老爷说：听说有大批的东西送到了，是什么宝贝呀？我知道，他大约以为是宣传品吧，他当然是为了调查这宣传品而来的了。安娜把堆在走廊上还没有开封的一部分包裹指给他看；是呀，是很好的“宝贝”呀，无价之宝！索性当面开了两封,比较小的包裹是《甲骨文字研究》,比较大的是《殷周青铜器铭文研究》。宪兵看了,好象吃了满口的粪。好家伙！滚你的蛋!

这些书本来是准备给作者送人的,但我送给谁呢?尤其在这日本!

书到的当天晚上,我每种留了两部下来,把其余的用一张大包袱包裹着。我和我的大儿子两个人把它扛到电车站上去,一同坐电车带到了东京。接着在文求堂里面便出现了我们。文求堂老板很客气,打了一个七折,当下便给了现钱。

那时候我的大儿子和夫是已经十四岁了。

小麻猫

一

我素来是不大喜欢猫的。

原因是在很小的时候,有一天清早醒来,一伸手便抓着枕边的一小堆猫粪。

猫粪的那种怪酸味,已经是难闻的;让我的手抓着了,更使得我恶心。

但我现在,在生涯已经走过了半途的目前,却发生了一个心理转变。

二

重庆这座山城老鼠多而且大,有的朋友说:其大如象。

去年暑间,我们住在金刚坡下面的时候,便买了一只小麻猫。

雾期到了,我们把它带进了城来。

小麻猫虽然稚小,却很矫健。

夜间关在房里,因为进出无路,它爱跳到窗棂上去,穿破纸窗出入。破了又糊,糊了又破,不知道费了多少事。但因它爱干净，捉鼠的本领也不弱，人反而迁就了它，在一个窗格上特别不糊纸，替它设下布帘。然而小麻猫却不喜欢从布帘出入，总爱破纸。

在城里相处了一个月，周围的鼠类已被肃清，而小麻猫突然不见了。

大家都觉得可惜，我也微微有些惜意：因为恨猫究竟没有恨老鼠厉害。

三

小麻猫失掉，隔不一星期光景，老鼠又猖獗了起来，只得又在城里花了十五块钱买了一只白花猫。

这只猫子颇臃肿，背是弓的。说是兔子倒象些，却又非常的濡滞。

这白花猫倒有一种特长，便是喜欢吃馒头，因此我们呼之为"北京人"。

"北京人"对于老鼠取的是互不侵犯主义。我甚至有点替它担心，怕的是老鼠有一天要不客气起来，竟会侵犯到它的身上去的。

四

就在我开始替"北京人"担心的时候，大约也就是小麻猫失掉后已经有一个月的光景，一天清早我下床后，小麻猫突然在我脚下缠绵起来了。

——啊，小麻猫回来了！它不知道是什么时候回来了的。

家里人很高兴，小麻猫也很高兴，它差不多对于每一个人都要去缠绵一下，对于以前它睡过的地方也要去缠绵一下。

它是瘦了，颈上和背上都拴出了一条绳痕，左侧腹的毛烧黄了一大片。

使小麻猫受了这样委屈的一定是邻近的人家，拴了一月，以为可以解放了，但它一被解放，却又跑回了老家。

五

小麻猫虽然瘦了，威风却还在。它一回到老家来依然觉得自己是主人，把“北京人”看成了侵入者。

“北京人”起初和它也有点敌忾，但没几秒钟就败北了，反而怕起它来。

相处日久之后，小麻猫和“北京人”也和睦了，简直就跟兄弟一样——我说它们是兄弟，因为两只都是雄猫。

它们戏玩的时候，真是天真，相抱，相咬，相追逐，真比一对小人儿还要灵活。

就这样使那濡滞的“北京人”也活跃起来了，渐渐地失掉了它的兔形，即恢复了猫的原状。

跳窗的习惯，小麻猫依然是保存着的。经它这一领导，“北京人”也要跟着来，起先试练了多少次，便失败了多少次，不久公然也跳成功了。

三间居室的纸窗，被这两位选手跳进跳出，跳得大框小洞；冬风也和它们在比赛，实在有些应接不暇。

人是更会让步的，索性在各间居室的门脚下剜了一个方洞，以便于猫们进出。这事情我起初很不高兴，因为既不雅观，又不免依然替冷风开了路，不过我的抗议是在洞已剜成之后，自然是枉然的。

六

小麻猫回来之后，又相处了有一个月的光景，然而又失掉了。

但也奇怪，这一次大家似乎没有前一次那样地觉得可惜。

大约是因为它的回来是一种意外的收获，失掉也就只好听其自然了吧。

更好在“北京人”已被训练成为了真正的猫，而不再是兔子了。

老鼠已经不再跋扈，这更减少了人们对于小麻猫的思慕。

小麻猫大概已被人带到很远很远的地方去了吧，它是怎么也不会回来的了。——人们也偶尔淡淡地这样追忆，或谈说着。

七

可真是出人意外，小麻猫的再度失去已经六七十天了，山城一遇着晴天便已感觉着炎暑的五月，而它突然又回来了。

这次的回来是在晚上，因为相离得太久，对人已经略略有点胆怯。

但人们喜欢过望，特别的爱抚它。我呢？我是把几十年来对猫厌恶的心理，完全克服了。

我感觉着，我深切的感觉着：我接触着了自然底最美的一面。

我实在是受了感动。

回来时我们正在吃晚饭,我拈了一些肉皮来喂它,这假充鱼肚的肉皮，小麻猫也很欢喜吃。我把它的背脊抚摩了好些次。

我却发现了它的两只前腿的胁下都受了伤。前腿被人用麻绳之类的东西套着,把双方胁部的皮都套破了,伤口有两寸来往长,深到使皮下的肉猩红地露出。

我真禁不住要对残忍无耻的两脚兽提出抗议。盗取别人的猫已经是罪恶,对于无抵抗的小动物加以这样无情的虐待,更是使人愤恨。

八

盗猫的断然是我们的邻居；因为小麻猫失去了两次都能够回来,就在这第二次的回来之后都不安定,接连有两晚上不见踪影,很可能是它把两处都当成了它的家。

今天是第二次回来的第四天了，此刻我看见它很平安地睡在我常坐的一个有坐褥的藤椅上。我不忍惊动它。

昨天晚上我看见它也是在家里的，大约它总不会再回到那虐待它的盗窟里去了吧。

九

我实在感触着了自然底最美的一面，我实在消除了我几十年来的厌猫的心理。

我也知道，食物的好坏一定有很大的关系，盗猫的人家一定吃得不大好，而我们吃的要比较好一些——至少时而有些假充鱼肚骗骗肠胃。

待遇的自由与否自然也有关系。

但我仍然感觉着，这里有令人感动的超乎物质的美存在。

猫子失了本不容易回来，小麻猫失了两次都回来了，而它那前次的依依，后次的怏怯都是那么的通乎人性。而且——似乎更人性。

我现在很关心它，只希望它的伤早好，更希望它不要再被人捉去。

连“北京人”我也感觉着一样的可爱了。

我要平等的爱护它们，多多让它们吃些假充鱼肚。

小皮箧

今天是一九四二年的七月十三日。

清早我一早起来去打开楼门，出乎意外的是发现了一个钱包夹在门缝里。待我取来看时，更出乎意料之外的是我两年前所失去了的那个小皮箧。

一种崇高的人性美电击了我。

两年前，央克列维奇还在做着法国驻渝领事的时候。因为他对于中国新文学有深刻的研究，又因为他的夫人尼娜女士会说日本话，我们有一段时期过从很密。

每逢有话剧的演出，我们大抵要招待他们去看，也招待他们看过电影的摄制，看过汉墓的发掘。

尼娜夫人是喜欢佛寺的，陪都境内没有什么有名的佛寺，还远远招待他们去游过一次北温泉，登过缙云山，以满足她的希望。

他们也时常招待我们。在那领事巷底的法国领事馆里面有整饬的花园，有葱茏的树木，又因为地址高，俯瞰着长江，也有很好的眺望。他们在那儿飨燕过我们，也作过好些次小规模的音乐会和茶会。

五月以后，空袭频繁了起来。我们的张家花园的寓所在六月尾上被炸，便不得不搬下了乡。不久法国领事馆也被炸，央领事夫妇也就迁到清水溪去了。

我的日记还记得很清楚，是七月二十七的一天。我在金刚坡下的乡寓里接到尼娜夫人的来信，要我在第二天的星期日去访问他们，我便在当天晚上进了城去。

第二天一早，我便到了千厮门码头。雾很大，水也很大，轮渡不敢开。等船的人愈来愈多，把三只渡船挤满了，把趸船也挤满了，栈道和岸上都满站的是人。天气炎热得不堪，尽管是清早，又是在江边，我自己身上的衬衫，湿而复干，干而复湿的闹了两次。

足足等了三个钟头的光景，雾罩渐渐散开了，在九点多钟的时候才渡过了江去。

雇了一乘滑竿，坐登着上山的路。

路在山谷里一道溪水的左岸，一步一步的磴道呈着相当的倾斜。溪水颇湍急，激石作声，有时悬成小小的瀑布。两岸的岩石有些地方峭立如壁，上面也偶尔有些题字。最难得的还是迎面而来的下山的风。那凉味，对于从炎热的城市初来的人，予以难忘的印象。

约略有一个钟头的光景便到了清水溪。这是一个小小的乡镇，镇上也有好几百户的人家，好些都是抗战以来建立的。

央克列维奇是住在镇子左边的一座山头上。一座西式平房，结构相当宏敞。山上多是松树，虽然尚未成林，但因地僻而高，觉得也相当幽静。

主人们受到我的访问是很高兴的，特别是那尼娜夫人。尽管太阳很大，她却怂恿着她的丈夫，要陪着我出去散步。

在附近的山上走了一会，还把镇对面的黄山、汪山为我指点而加以说明。她说：那儿是风景地带，有不少的奇花异木，有公路可通汽车，住在那儿的人不是豪商便是显贵。我那时还不曾到过那些地方，听她那样说，仿佛也就象在听童话一样。

桐子已经有半个拳头大了，颇嫌累赘地垂在路旁的桐子树上。

——“这是什么果子树呀？”尼娜夫人发问。

我尽我所有的智识告诉了她。

对于什么都好象感觉新奇的外国夫人，她从树上折了一枝下来，说：“要拿回去插花瓶。”

被留着吃了中饭，嗑了葡萄酒。

尼娜夫人首先道歉道：本来是应该开香槟的，但都装在箱子里面还没有开箱，他们有一个誓约，要等到巴黎光复了，才开箱吃香槟酒。

听了这样的话觉得比吃香槟酒还要有意思，因为巴黎陷落已经一个半月了，巴黎的人连吃面包都在成问题的时候，代表巴黎的人能有这样悲壮的誓约，也是应该的。

同席的还有好几位法国朋友，但因彼此的言语不大相通，只作了些泛泛的应酬而已。

中饭用毕后我正要告辞了，突然发出了警报，于是便又被留着。

其他的人都进了防空洞，只央克列维奇和我两人在回廊上走着，一面走，一面谈。也谈了好些问题，主要的还是关于文学这一方面。

央克列维奇的关于中国文学的造诣是使我惊异的。他在中国仅仅住了六年，最初在北京，其次是海南岛，最后来到重庆。他不仅对于五四运动以来的新文学知道得很详细，而且对于旧文学也有相当的研究。尤其是他喜欢词，对于宋元以来的词家的派别和其短长，谈得很能中肯。这在一个外国人的确是可惊异的事情。不，不仅是外国人，就连现代的中国新文学家能够走到了这一步的，恐怕也没有好几位吧？

两点钟左右警报解除了，我又重新告别。

临走的时候尼娜夫人送了我一首用英文写的诗，那大意是：

这儿有两条蜿蜒的江水，
　　就象是一对金色的游龙，
环抱着一座古代的山城，
　　有一位诗人住在城中。
这诗人是我们的朋友呵，
　　他不仅爱做诗，也爱饮酒。
李太白怕就是他的前身吧；
　　月儿呀，我问你：你知道否？

用极单纯的字面表现出婉婉的意境，觉得很是清新，但这样译成中国字，不知道怎的，总不免有些勉强而落于陈套了。

我深深的表示了谢意。

坐着他们所替我雇就的滑竿，又由原道下山赶到了码头。码头上和轮船上，人都是相当拥挤的，因为是星期。

过了江来，又坐滑竿上千厮门，待我要付滑竿钱的时候，才发觉我的钱包被人扒去了。在江边购船票的时候，分明是用过钱包的，究竟是什么时候被人扒去的，我怎么也揣想不出。

各色的花带着雨还寂寞地开着，
大都是经过了攀折的残余，
而被人委弃着的。

好在我在裤腰包里面还另外放有一笔钱，因此在付滑竿钱上倒没有发生什么问题。但我感觉着十分可惜的却是尼娜夫人的那首诗也一道被扒了去。这是和钱包一道放在我左手的外衣包里的。

整整隔了两年,谁能料到我这小皮箧又会回来呢?

皮箧是旧了，里面还有十二块五角钱和我自己的五张名片。

诗稿呢？一定被扔掉了。

两年来我自己的职务是变迁了。住所也变迁了。

我现在住在这天官府街上一座被空袭震坏了的破烂院子的三楼,二楼等于是通道。还我这皮箧的人,为探寻我的住址,怕是整整费了他两年的工夫的吧？再不然便是他失掉了两年的自由,最近又才恢复了。

这人，我不知道他是年老的还是年青的，是男的还是女的,是本地人还是外省人,在目前生活日见艰难,人情日见凉薄的时代,竟为我启示出了这样葱茏的人性美,我实在是不能不感激。

两年前的回忆绵延了下来。

一位瘦削的人,只有三十来往岁,头发很黑,眼睛很有神,浓厚的胡子把下部的大部分剃了,呈出碧青的皮色,只留着最上层的一线络着两腮。这是浮在我眼前的央克列维奇的丰采。据朋友说:他本是犹太系的法国人,而他的夫人却是波兰籍。

尼娜夫人很矮小,大约因为心脏有点不健康,略略有些水肿的倾向。头发是淡黄的，眼色是淡蓝的，鼻子是小小的，具有东方人的风味。

究竟不知道是为了什么原故，就在一九四〇年的年底，法国的贝当[①]政府免了央克列维奇的职。

免职后的央克列维奇，有一个时期想往香港，因为缺乏旅费，便想把他历年来所搜藏的中西书籍拿来趸卖。他曾经托我为他斡旋，他需要四万块钱左右便可卖出。但我自己没有这样的购买力，我所交际的人也没有这样的购买力，结果我丝毫也没有帮到他的忙。后来我听说他这一批书是被汪山的某有力者购买去了。

央克列维奇不久便离开了重庆，但他也并没有到香港，是往成都去住了很久，去年年底，在《棠棣之花》第二次上演的时候，我在中一路的街头，无心之间曾经碰见过他和他的夫人。他们一道在街上走，他们是才从成都回来，据说，不久要往印度去。

我邀请他们看戏，他们照例是很高兴的。戏票是送去了，但在当天晚上却没有看见他们。他们是住在嘉陵宾馆的，地方太僻远，交通工具不方便，恐怕是重要的原故吧。自从那次以后我便没有再和他们见面了。

皮箧握在我的手里，回忆潮在我的心里。

我怀念着那对失了国的流浪的异邦人，我可惜着那首用英文写出的诗……

---

① 贝当(H. P. Pétain，1856—1951)，曾任法国元帅、陆军部长。1940年6月任总理，对德投降，组织傀儡政府。1945年8月被判处无期徒刑。

但我也感受着无限的安慰,无限的鼓舞,无限的力量……

我感觉着任你恶社会的压力是怎样的大，就是最遭了失败的人也有不能被你压碎的心。

人类的前途无论怎样是有无限的光明的。

雨

六月二十七日《屈原》决定在北碚上演，朋友们要我去看，并把婵娟所抱的一个瓶子抱去。这个烧卖形的古铜色的大磁瓶，是我书斋里的一个主要的陈设，平时是用来插花的。

《屈原》的演出我在陪都已经看了很多回，其实是用不着再往北碚去看的，但是朋友们的辛劳非得去慰问一下不可，于是在二十六日的拂晓我便由千厮门赶船坐往北碚，顺便把那个瓶子带了去。

今年延绵下来了的梅雨季，老是不容易开朗，已经断续地下了好几天的雨，到了二十七日依然下着，而且是愈下愈大。

二十七是星期六，是最好卖座的日期。雨大了，看戏的人便不会来。北碚的戏场又是半露天的篷厂，雨大了，戏根本也就不能上演。因此，朋友们都很焦愁。

清早我冒着雨，到剧社里去看望他们，我看到每一个人的表情都沉闷闷地，就象那梅雨太空一样稠云层迭。

有的在说："这北碚的天气真是怪，一演戏就要下雨。听说前次演《天国春秋》和《大地回春》[①]的时候，也是差不多天天都

---

① 《天国春秋》，阳翰笙1941年写的历史剧，描写太平天国的内部斗争。《大地回春》，陈白尘创作的剧本。

在下着微雨的。”

有的更幽默一些，说：“假使将来要求雨的时候，最好是找我们来演戏了。”

我感觉着靠天吃食者的不自由上来，但同是一样的雨对于剧人是悲哀，对于农人却是欢喜。听说今年的雨水好，小麦和玉蜀黍都告丰收，稻田也突破了纪录，完全栽种遍了。

不过百多人吃着大锅饭的剧人团体，在目前米珠薪桂的时节，演不成戏便没有收入，的确也是一个伟大的威胁。

办公室里面云卫[①]的太太程梦莲坐在一条破旧的台桌旁，没精打采地在戏票上盖数目字。

桌上放着我所抱去的那个瓶子，呈着它那黝绿的古铜色，似乎也沉潜在一种不可名状的焦愁里面了。

突然在我心里浮出了一首诗。

——“我做了一首打油诗啦。”我这样对梦莲说。

梦莲立即在台桌上把一个旧信封翻过来，拿起笔便道：“你念吧，我写。”

我便开始念出：

不辞千里抱瓶来，此日沉阴竟未开。
敢是抱瓶成大错？梅霖怒洒北碚苔。

梦莲是会做诗的，写好之后她沉吟了一会，说：“两个‘抱瓶’字重复了，不大好。”说着她便把第三句改为了：“敢是热情

① 即应云卫(1904—1967)，浙江慈溪人。戏剧、电影导演。

惊大士[1]。”她说:“是你把观音大士惊动了,所以才下雨啦。”

——“那吗,索性把‘梅霖’改成杨枝吧。”我接着说。

于是诗便改变了一番面貌。

邻室早在开始排戏,因为有两位演员临时因故不出场,急于要用新人来代替,正在赶着排练。

梦莲和我把诗改好之后走出去看排戏。

临着天井的一座大厢房,用布景的道具隔为了两半,后半是寝室,做着食堂的前半作为了临时的排演场。有三尺来往高的半壁作为栏杆和天井隔着,左右有门出入。

在左手的门道上,靠壁有一条板凳,饰婵娟的瑞芳[2]正坐在那儿。

梦莲把手里拿着的诗给她看。

——“这‘怒’字太凶了一点。”瑞芳看了一会之后指着第四句说。

——“我觉得是观音菩萨生了气啦,”我这样说,“今天老是不晴,戏会演不成的。”

——“其实倒应该感谢这雨。”瑞芳说,“你看,演得这样生,怎么能够上场呢?”

我为她这一问略略起了一番深省。做艺术家的人能有这样的责任心,实在是值得宝贵;也唯其有这样的责任心,所以才能保证得艺术的精进吧。

——“好的,我要另外想一个字来改正。”我回答着。

---

① 佛教称佛和菩萨为大士。

② 即张瑞芳,一九一八年生,北京人。话剧、电影演员。

——“婵娟出场了！婵娟！”导演的陈鲤庭[1]在叫，已经在开始排第四幕，正该瑞芳出场的时候。

瑞芳应声着，匆匆忙忙地跑去参加排演去了。我便坐到她的座位上靠着壁思索。我先想改成“遍”字。写上去了，又勾倒过来，想了一会又勾倒过去，但是觉得仍旧不妥贴，便又改为“透”字。“杨枝透洒北碚苔”，然而也不好。最后我改成了“惠”字。

刚刚改定，瑞芳的节目演完了，又匆匆忙忙的跑了过来。

——“改好了吗？”她问。

我把改的“惠”字给她看。

——“对啦，这个字改得满好，这个字改得满好。”她接连着说，满愉快而天真地。

梦莲在旁边似乎也在思索，到这时她说：“那吗‘惊’字恐怕也要改一下才好了。”

——“用不着吧？惊动了的话是常说的。”瑞芳接着说，依然是那么明朗而率真。

雨到傍晚时分虽然住了，但戏是没有方法演出的。有不少冒着雨从远方来看戏的人，晚上不能回家，结果是使北碚的旅馆，一时呈出了人满之状，“大士”的“惠”，毫无疑问地，是普济到了一般的小商人了。

第二天，二十八日，星期。清早九点钟的时候，雨又下起来了。四处的屋檐都垂起了雨帘。

---

① 陈鲤庭，1910年生，上海人。剧作家、电影导演。

同住在兼善公寓一院里面的王瑞麟[1]，把鲤庭和瑞芳约了来，在我的房间里同用早点。

瑞芳突然笑着向我说："那一个字又应该改回去了。"

我觉得这话满有风趣。我回答道："真的，实在是生了气。"

瑞麟和鲤庭都有些诧异，不知道我们所说的是什么。

我把故事告诉他们。同时背出了那首诗。

> 不辞千里抱瓶来，此日沉阴竟未开。
> 敢是热情惊大士？杨枝惠洒北碚苔。

不过这个字终竟没有改回去。因为不一会雨就住了，痛痛快快地接连又晴了好几天。好些人在看肖神，以为《屈原》一定无法演出的，而终于顺畅地演了五场。听说场场客满，打破纪录，农人剧人皆大欢喜。惠哉，惠哉。

---

① 王瑞麟(1905—1956)，陕西汉中市人。话剧演员，话剧、电影导演。

影 子

午后，屈楚[①]与林辰[②]二君来访。

——“假使抗战没有起来，你恐怕还是没有机会回国吧？”

八年来我接受过不知道多少次数的这样问话，又由林辰向我重提了一遍。

我回忆起十年亡命期中在日本江户川上所住过的那座小屋。

我手栽的那株大山朴，怕已经长成乔木了。应该是紫薇树开花的时候。

那座小屋的背后，隔着一条公路，是一带小丘陵，有好些古老的松树在上面。松树下是附近一个小村落的公墓。

我每当写作疲倦了，或者忧郁不堪的时候，便登上那小丘在松林和墓丛中徘徊。“我结果怕也只好成为这墓丛中的一座了！”这样的想念在我的脑子中不知道徘徊过多少遍。

当我把这样的回忆诉述了一遍之后，林辰突然背起了两句旧诗来：

——“‘关山随梦渺，儿女逐年增’，你当年的心境是保存

① 屈楚，1919年生，四川泸县人。剧作家、诗人。当时任群益出版社编辑。

② 林辰，原名王诗农，1912年生，贵州郎岱(今六枝)人。鲁迅研究家、作家。

在这首诗里面的啦。”

诗句和我很熟，费了好几秒钟的缭绕，我才慢慢地记起是我自己的诗，但上下文都不记忆了。

——“这诗你是在什么地方看见的？”我问着。

——“不记得是在你的什么书上了。开首的两句是‘信美非吾土，奋飞病未能’。[1]因为我近来的生活和这相仿佛，所以我爱读它。”

——“下文呢？”

——“不记得了。”

诗确实是我自己的诗，抗战发生前三两年在日本写的，当时也觉得相当适意。回国以后的这几年间，生活环境完全改变了，一次也不曾记起来过，渐渐被抛进“忘却”的仓库里去了。

诗是五律，后四句呢，真好象追寻一段残梦一样，愈追寻，愈是渺茫。

晚间，同立群往银社去看《不夜天》[2]。

路曦[3]演着剧中的主角，一位女伶。

——“路曦真是会演戏，演得多么自然。”立群不断地赞赏

① 这首诗系作者1935年在日本所作。

② 西渭(李健吾，1906—1982)作，四幕话剧。剧本于1945年6月由美学出版社出版。

③ 即杨路曦，1916年生，北京人。话剧演员。

着。“今年雾季她演的两个戏都很好,《离离草》[①]和这《不夜天》。”

戏里有唱京剧的一段插曲。

——“路曦会唱京剧吗？”我问。

——“她一定会唱的,她很会唱歌。她也很会弹钢琴呢!”

不错，我想起了。立群说过她和路曦一道学弹钢琴的时候,两人互相勉励,死不放松,夜里弹倦了,有时候就伏在钢琴上睡熟了。

观众多,座场窄,纸烟四起,空气不流通,象进了浴室一样。看到第四幕的时候,头便有点隐痛。这是炭酸瓦斯中毒的征候。

在这样的时候,我又在追寻着那首旧诗,依然没有着落。

十一点钟光景,戏演完了。我们随着人的潮浪流了出来。立群也说她的头有点微痛。

上坡,经过望打隧道,步上街头。

被清冷的夜风微微吹拂着,头痛渐渐平复了。

立群紧紧挽着我的左肘,步行到精神堡垒附近的时候,有一群人拥在街心。

是一位美国兵喝醉了。一名警察去扶他,力量不够,结果是醉者倒在街心,画了一个“大”字。口里说着I am sorry(对不住),一个街头的小孩子学舌:“俺梭了!”

——“美国兵也忧郁吧？”立群这样问着。

---

① 夏衍在1944年写成的四幕话剧,反映东北人民武装反抗日本侵略的斗争。

——“或许，”我回答着，“但他们有的是金钱，有的是健康，而我们中国有的是酒，或许也是在尽情地享乐吧？”

——“我们到‘心心’去喝杯牛奶？”

——“很好。”

正好走到“心心”门口，门外停了好几部汽车。隔着门上的玻璃窗，看见里面坐满了的人。

——“哦，好多的人！”我惊叹着。

——“那么，我们不进去吧。”

——“怕什么。”

我们还是推开门窗进去了。柔软的音乐在从胶片中荡漾出来。男的女的坐满了一个大敞间，但没有一个相熟的面孔。

我们选了一张靠边的长条桌上坐着，尽量避免人们的注意。叫了两杯牛奶。

——“一个熟人也没有。”我又张望了一会之后这样说。

立群隔着席面，把头埋过来，低声地回答我：“我们圈子里面的人，够资格来的很少。”

无言地喝着热牛奶，身上微微发起汗来了。无怪乎四桌的都是冰淇淋，汽水，半裸体，短袖衬衫。

突然，那首旧诗的最后两句象深水里的气泡一样浮起来了。——“何当挈鸡犬，共得一升腾”。

然而第三第四两句，却是迷离恍忽的，象是已经到了门外，但还隔着一层不透明的帘幕。

街头的电灯雪亮，奇异的还没有停电。

讲起了朋友，泛泛的交游，大家都是很多，但要能够影响彼此的心灵，规范彼此的生活，临到患难时，不惜抛弃自己的生命的,实在很少。

《不夜天》的情节还在脑中留连。女伶金小玉因为要救自己的爱人,不惜准备牺牲自己的贞操,而结果刺杀了仇人,同归于尽了。……

突然,旧诗的第五和第六两句象气泡一样又浮上来了:“五内皆冰炭,四方有谷陵。”

心里感觉着轻松。立群仍有力的挽着我的左肘,等于在搀扶着我的一样。

街头很清净,影子忠实地伴随我们,在水门汀上颠来倒去。

下乡去

一 卡车追逐

文化工作委员会被国民党勒令解散后，乡下还留下了一批朋友,想下乡去看看他们。

还是初夏,前两天的太阳突然炽烈了起来,室内的气温竟高过了九十度。

大家都在发愁,十九号准备下乡的卡车是没有篷的,在刚烈的阳光里晒两个钟头下赖家桥,恐怕谁都要晒成干鱼了。

十八号的半夜过后,闪击了一番雷电,微微洒起了雨来。风大,把开着的窗门吹打得震响,我被惊醒了。又在作别种担心,没有篷的卡车,不会淋成水老鼠么?

好在雨没有洒好一会也就住了，十九日的清早显示出是一个不晴不雨的阴凉天。

——“究竟我们都是几员福将呀,天都看承啊!”我同立群走上了市民医院的门口的时候，向着已经上了车的几位朋友们,有意幽默地这样说。

车上的朋友是翰笙、乃超、海观、湘楼[1]和其他。

两位司机同志要我坐司机台，我让立群坐立群也不坐，我们便一同爬上了车厢。

——“太太愿与士卒同甘苦啦。”有人向立群调侃，颜面的动作担负了解释的任务，表明所谓“士卒”主要指的是我。

在车的前头不很远忽然发见邓初老[2]坐在中英科学合作馆[3]的轿形小卡车里面，他坐在车后的中门旁边靠右手的末位，侧面正当窗口，所以把他看得很清楚。

——“初老，你们往那里去呀？”

——“往北碚。你们呢？”

——“回赖家桥。”

——“好啦，我们能同一段路。”

——“你们那边还有空位子吗？好不让郭老嵌上去？”翰笙的这句话没有被初老听得清楚。

——“好啦，不要麻烦人家。”我连忙制止着了。

我们的卡车先开。立在敞车上招摇过市，想起了上海战役时赴前线救护的情形。车开到李子坝附近的时候，初老们的车子把我们超过了。彼此哔叫了一下。

---

① 翰笙，即阳翰笙，原名欧阳继修，笔名华汉，1902年生，四川高县人。剧作家，戏剧电影运动领导人之一。乃超，即冯乃超(1911—1983)，祖籍广东南海县，出生在日本横滨市。作家、诗人。海观，即朱海观(1908—1985)，安徽寿县人。文学翻译家。湘楼，即骆湘楼，浙江人。抗战时曾任军委政治部第三厅秘书，50年代初病逝。

② 即邓初民(1889—1981)，湖北石首县人。社会科学家，中国民主同盟负责人。

③ 抗日战争期间英国设在重庆的文化机关。

有一段路我们的车子紧跟着追，有点象电影里面的侦探场面，我把右手比成手枪形，不断地向初老放射。福态的初老始终笑容满面地向着我们。

本来已经是落后的，车子在化龙桥停了一下，跑在前头的初老，永远跑上前头，看不见了。

二　林园访友

过了山洞，在林园前面不远，我们把车子停了下来，准备去访问李侠公①。

侠公同翰笙一样是文委会的副主任委员，他在三月初回贵州奔母丧，最近才回重庆，回来时文委会早被解散了。面临着公路的一栋有楼的民房，侠公的家在那靠左的一部分。楼上楼下一共只有三间。他前年担任过陆大的政治部主任，为了和学校相近，赁居在这儿。主任解职之后，这层便宜虽然失掉了，但为迁移的困难，仍旧没有动。

向左手走上了几步石坎，侠公的大的两个小孩子在侧近玩耍，我招呼他们，他们似乎不认识我了，没有走近身来。经过一个没有墙的院落，走到楼房的屋檐下。

——“侠公！在家吗？”

——“哦，你们来了！”窗口上侠公露出了半个头来，惊喜地叫了一声，头又缩下去了，但有好一会没有次一动作。

一位前任勤务兵在院落里挑粪，看见我们来便火速转向

① 李侠公，1899年生，贵州贵阳市人。社会科学家。大革命时期，曾任东征军第一政治部主任。后从事著译工作。

屋后去了。

侠公一面扣着长袍，一面从书房门口露出，邀我们进去。

还未周岁的一位小公子坐在竹轿椅里，头很大，面色暗暮，营养不十分好。两只眼睛睁得很开，望着我们，但也并没有惊惶的意思。

——“太太不在家吗？”

——“唉，她刚才出去买东西去了。”

——“你们搬下乡来住了？”

——“不，是乃超要把他乡下的家具搬进城，我们是带便来看看乡下的朋友们的。还有，今天中午，我们文委会的朋友们在赖家桥聚餐，你也去吧？”

——“好的，我一定去。”

很朴实的那位前任勤务兵绕进书房里来准备献茶。我极力阻挡着，但也无效。来客太多，要费大量的茶水，我心里很不安，一口也没有嗑。但我看见有一两位朋友却嗑得很泰然。

——“你所要的卢森堡的《政治经济学史》[①]，”我忽然记起这件事又向侠公说，“我已经得到苏联朋友的回信，说一定要请对外文化协会寄赠。信上还说着尽‘可能设法成功’的话，可惜我忘记把信带来。”

——“那好极了，”侠公回答着，“只要有原书，我就可以完成一项翻译的工作，而且也可以顺便解决一部分的生活问题啦。”

卢森堡的三大册《政治经济学史》，侠公早已翻译了一册

① 卢森堡(1879—1950)，通译罗森别尔格，苏联经济学家，苏联科学院通讯院士。他的著作《政治经济学史》，凡三卷，1934年至1936年出版。

祝大年 1984.4

宏敞的外院打扫得很干净，
并不怎么显出经过了风波的样子。
空气清新得很。

出版问世，但中、下二册因为没有原书，便把工作停顿了。要译完全书是一项相当大的工程，侠公有这样的雄心，我是极力怂恿他的，但可惜原书总不容易到手。

我很匆匆忙忙地催着大家走，当我们走出书房门时，侠公夫人回来了，她和立群分外地亲热。原来用了一年多的女佣人今天才走了，我想，大约是看见侠公失职，在别的地方另有了高就吧。心里不免有点黯然。

在书房旁边是食堂兼会客室，我和立群顺便穿堂而过，去看屋后因坡而成的菜圃。据说都是那位朴实的前任勤务兵亲手栽种的。

——“这一向这儿的燃料起恐慌，”侠公在院落里和我并排地走着，他这样说，不记得是谈到了什么话触动了这个问题，“煤也买不到，柴也买不到，我们已经向人借用了四百斤煤炭了。”

——“哦？乡会不是领了些煤炭下来还堆在那里吗？今天去将就这卡车给你运些来不就好了。”

侠公听了高兴得不得了，和初看见我们来了的时候那种由衷的喜悦差不多。

三　白果树下

卡车在金刚坡山道上盘旋，愈接近赖家桥愈发生着好象回到了故乡的感觉。

金刚坡下的田畴坦陈着，大地在开朗地微笑。

那株高大的白果树又显出来了。那儿便是文委会的院落，它是那院落的老阍人，我真爱它，我真爱那白果树，我爱它那独立不倚、孤直挺劲的姿态，我爱它那鸭掌形的碧叶，那如夏云静涌的树冠，当然我也爱吃它那果仁。

白果树下有花园，
一群小主人。
我们大家真高兴，
有志气，有精神，
都象白果树一根。
又高大，又端正，
我们要撑到天边摩到云。

往年做的七七幼稚园的园歌应着卡车的节拍，不调和地从我嘴里哼着。

车转下平畴了。跑完了一段大抛物线形的弧道，经过了中西清真孤老院，公路平直了起来。

水牛山上的银杏亭也看见了，山上的芭蕉依然青翠，这是文委会所经营出的小公园。临着公路边上的一道园门，和门上的横额我所写的水牛山三个字，都还没有拆毁。

水牛山上有好花，
小鸟在唱歌。
我们大家真快活。
学读书，学写字，
都象水牛推磨儿。
不做声，不泄气，
我们要迈着脚步踏着地。

《七七幼稚园歌》的第二节又在我嘴里哼。卡车煞车了,已经停在了白果树下。

大家连忙跳下车。“尹家湾五十号”张着大口和我们亲吻。

宏敞的外院打扫得很干净，并不怎么显出经过了风波的样子。空气清新得很。小白花狗已经长大了。它有点怕我,见到我没有表示亲热的欢迎,但也没有拒绝。这是因为我向来不大喜欢狗的原故。我愈朝前进,它愈朝后退,最后索性各自掉头走向远远一边去了。

西北角上的七七幼稚园早就停办了，我所写的园额是还存在着的。推进门去,两间房间里,前间堆积着一些柴,后间是空的。壁上用有色纸剪贴的一些星星和新月,“儿童乐园”几个字还存在。窗户没有开,阴森肃杀之气在这儿特别严重。

转进西侧的内院看了一遍，再穿向东侧的内院里去。侠公,翰笙,及其他几位驻乡会友在大礼堂门前站着。内院也都打扫得很干净。尤其这东内院,因为去年年底房主人庆祝七十双寿,整个黑漆了一道,又在四处加了一些匾对,很显得金黑辉煌。

办公室,除掉西厢房一间办报销的清理室外,都是空的。办公室的桌椅及一切用具已经点交，还集中封存在原作图书阅览室的一间大房里面,就在大礼堂的右手。

礼堂里,总理①遗像和遗嘱都已经撤消了。两名看守家具的卫兵,摆了两尊床,在那儿昼寝。

---

① 指革命先行者孙中山(1866—1925)。

——“家具为什么还不搬去呢？”我问原任秘书何成湘[1]，他是经常驻乡的，惰性地还以秘书的资格照顾着善后事务。

——“据总务处说，还没有卡车运。”

——“乐得两位卫兵，闲得没法，白天只是睡觉。”另一位朋友这样插说。

一位卫兵大概是受了惊扰，侧身起来，揉了揉眼睛，望了望我们，又躺下去了。

我在萦念着：七七幼稚园至少应该维持下去才好，小孩子们受着这样的打击，未免过于残酷。但是会被解散了，会友们自然会分散，大家的儿女也就随着散开，幼稚园的必要似乎也就没有了。

——“这房子是政治部发给我们的吗？”侠公忽然这样发问。

——“那里，在文委会成立以前，我就住在这里面了。”我回答着。“房主人把整个的院子租给了我，年租二千元。”

——“哦，年租？”侠公大吃一惊。“山洞的房子月租一千元，我还以为便宜得很呢。”

——“但有趣的是，”另一位朋友说，“这院子政治部却打算收回，目前是‘准予清理室暂住’。”

四 塞翁之马

散居在附近的会友和眷属，陆续都聚集拢来了，大家都很

---

① 何成湘(1902—1967)，四川珙县人。抗战时曾任作者主持的政治部第三厅办公室主任。

高兴，但男的和女的却自然分成了两组。

朝门外，白果树荫下，一段阶沿，在前本来是卫兵站岗的地方。平常一出一入，对卫兵的答礼总不免要举手或点头，而且匆匆而过。今天没有这样的麻烦了。男的一组十几个人，不期然地品排着坐在这阶沿上，面临着公路聊天。

谈谈国内，也谈谈国际；谈谈身外，也谈谈切己。

国内究竟是在进步的，“民主”这个词至少是可以不犯禁了。

“塞翁失马，安知非福”，大家目前虽然闲暇，有为的日子还在后头。

都在参错着谈，谈得无拘无束。

我自己痛骂了四川历史上的几位大文人，司马相如，扬雄，三苏父子。[①]他们专门做帝王的花瓶，而三苏父子尤其是反对王安石[②]新政的死党，可谓胡涂透顶。

有一位女同志来了，看见我们便爽朗地说。

——“真是‘无官一身轻’呵！平时谁也不会坐阶沿坎，今天大家都在这儿坐着。”

也有人说明：平时有卫兵站岗，当然不好在这儿坐。这话微微有些抗议的性质，是说平常也很平民化，并不是因为丢掉了“官”才平民化起来的。

---

① 扬雄(前53—18)，一作杨雄，字子云，蜀郡成都(今属四川)人。西汉辞赋家。有《扬子云集》。三苏父子，指苏洵(1009—1066)和他的两个儿子苏轼(1037—1101)、苏辙(1039—1112)，眉山(今属四川)人。俱北宋文学家，并同列“唐宋八大家”。苏洵有《嘉祐集》、苏轼有《东坡七集》、苏辙有《栾城集》。

② 王安石(1021—1086)，字介甫，抚州临川(今属江西)人。北宋政治家、文学家。有《王临川集》《临川集拾遗》。

我忽然想起，我也曾说过这样的话："有官本不重，无官身更轻。"

卢鸿基[①]也来了，坐着滑竿，大家都起来让了路，让滑竿一直抬进院子里去。

鸿基并不是一个人来，他是随带着了和我们争夺朋友的死敌。他的肺病发作已经三年了，一直睡在乡下静养——其实静或有之，养是说不上的。他的脸色惨白，有点浮肿。随在他身后的这个敌人在狞笑：机关裁撤了，看你这个俘虏朝那里走？

五 离合欢悲

从礼堂暂时把两位卫兵老爷请了出来，设下了四张席面，坐得满满的。

厨房大司务老金的手腕真不错，今天的席面做得特别可口而又丰富。他是成都人，五十多岁了，以前来会的时候本不识字，做了四年多大司务公然能写能读了。他是住会的，当我每年在乡下住的时候差不多每天黄昏时候都看见他在大礼堂门前的天井里读《新华日报》[②]。文委会虽然解散了，清理室还有几个人留着，他便不肯离开。

已经遣散了的勤务兵，凡是在附近居住的人都跑来帮忙。我失悔在初关照乡下朋友的时候，没有说多备一两席。各家的

---

① 卢鸿基，1910年生，广东海南岛乐会(现名琼海)县人。雕刻家。抗战时在三厅工作。

② 中国共产党在国民党统治区公开出版的机关报。1938年1月11日在汉口创刊，同年10月25日迁重庆，出至1947年2月28日被国民党政府封闭。

小朋友们都没有可能来，也是一件憾事，不然的话，不是还可以听听他们唱《七七幼稚园歌》和其它的儿歌吗？

大家都吃得很高兴，有酒，也划了拳，和往日一有纪念集合时的情形似乎并没有两样，但似乎也有两样。

饭用过后，多数的朋友都集中到我们的住房里闲谈。那本是外院北墙下的一座原有堆栈，坐北向南的土墙长条房子。我们把它隔成了三间，开了些窗眼，觉得也还适意，每年暑间我们都是回到这儿来住的，住到雾季的时候又搬进城去。因此所有一切动用的家具都还保存着的，但今年是不是下乡来住，却在考虑。

院子很大，做研究院倒很适宜。可惜离城太远，交通不方便，而且太孤单了。

研究院有希望么？

很难说。要想找有财力的人资助文化事业，中国似乎还没有现代化到那步田地。即使有也不能不有所顾虑的。

鹿地研究室的山川君[①]来了。中午的聚餐本来是邀约了他们的，也因着顾虑，没有出席。我走出房门外迎接着他，他不愿久留，只站在院子里谈了一会。

他不久要同鹿地一道到昆明，是受了美军的邀请。但阻碍却很多。研究室附近，近来白天有怪人换番巡逻，甚至连夜里也有。

---

① 鹿地，指鹿地亘(1903—1982)，日本作家。抗日战争时期在中国从事反对日本军国主义侵略的宣传工作。鹿地研究室，国民党当局取消“日本人民反战大同盟”以后，由作者建议成立的机构，隶属军委政治部，主要从事敌情研究。因领导者为鹿地亘，故名。山川君，原名及川，是由俘虏中挑选出来的有觉悟的“日本人民反战大同盟”盟员，鹿地研究室工作人员。

研究室相距不上半里路,在公路的那一边,靠近金刚坡的山麓,是我在三厅时代建立的,其后事实上隶属文委会,文委会裁并了,管理情报工作的二厅在继续照管。

白花狗走来亲近,它亲近的是山川,不是我。它是由研究室里要来的孤儿,它的母亲在去年暑天早就被那儿的卫兵打去吃了。

往年我只感觉着居乡有打狗棍的必要,今年我感觉着居乡有狗的必要了。

朋友们知道我有午睡的习惯,在中堂和西首书房里的人都准备告别了。卢鸿基一人坐在东边的睡房里一座藤沙发椅上。我坐在床沿上陪着他。他从西装的内衣包里取出了一张像片出来,是我五十岁分送大家的纪念品。他要我在像片上签上他的名字,我签了。他颇觉吃力地,扶着杖,站了起来,眼睛里的笑发着冷光。似乎想说什么话,但终竟没有说出什么话。

朋友们照拂着他上了滑竿走了。

六　夜来风雨

本来打算当天就回城的,因为乃超的行李收拾费时,改在明天的清早。

侠公在我们午睡的时候,搭公路车回山洞去了。在他自然是不便久留,女佣人走了,家里有三个小孩,而他又是好爸爸。

我们也收拾了一下行李,作的是留去双关的步骤。假使下乡来住,因为大的一个孩子在进小学,也要到七月初才能来,东西留着不能不加一番检点。假使不来,那就等日后有交通工具的时候方便运走。

黄昏时分，我同立群，还有其他的朋友，一道到赖家桥去散步。两位司机同志在院外调理着卡车。房主人的黄老头子就在院墙脚下的田坎上督耕，那田本来是我们租用的菜圃，交还了他，他在赶耕，大约是想插秧子。

——“你们的铺位都在里面铺好了。”同行的前任副官卢鸿谋[①]向司机同志说。

——“不，我们要在车上睡。”

——“把车门锁上不就好了吗？”立群插说着。

——“不行的，胎被偷掉一个也就不得了。”

——“从前在长沙大火的时候，”我说，“周副部长[②]的车子便被人偷过一次，后来到了桂林才找着。门就锁着，内行是有办法打开的。”

朝西走，在成渝公路上走不上三百步光景便是赖家桥，一道石桥架在一道小河上，这儿是一个车站，另外有两三家店铺，卖饭食杂货的。立群在一家店子里面买了点糖果和茶叶。

天黑下来了，乡下没有电灯，森森然好象回到了原始时代。

走回院子的时候，司机同志正从院里把铺陈抱了出来。

督耕的黄老头子还在那儿督耕。水牛都疲倦得不耐烦了，耕到墙脚的石坎边不肯转身，黄老头子站在石坎上帮忙拉着牛鼻索，死命地在那儿拖。

立群有点不大舒服，她先去睡了，我在书房里，在鱼烛光下，展开斯大林的《列宁主义问题》读。

---

① 卢鸿谋，广东琼海县人。抗战时曾在文化工作委员会任作者的副官。

② 指周恩来（1898—1976）。抗战时期以中国共产党代表的身份被任为军事委员会政治部副部长。

我读完了《关于列宁主义底基础》,又读完了《关于辩证唯物主义和历史唯物主义》。夜境很岑寂,心境也很岑寂,但我并不觉得我是一个人。

壁上挂着的一张斯大林的照片俯瞰着我，我自己丝毫也没有睡意。

夜半过后突然刮起了大风,又在飘着雨粒,立群也惊醒来了。我关心着车上的两位司机同志。我想出去看看他们。

——“怕朝门关了,他们在车上会淋雨的。”

——“门不会关的吧,怕狗咬你呢！”

我实在也有点怕狗,把中堂门开了一下,外边是漆黑的。雨并不大,风倒相当猛,把鱼烛吹灭了。

七　新的果实

二十号的清早醒来,已经五点过钟。雨却下得很大。

——“糟糕！司机同志们不晓得怎么样了？”

我赶着,冒着雨跑出去。朝门果然是关着的。

——“糟糕！”

我赶快去打开朝门。两位同志就在屋檐下碍难容一人睡下去的干地上面打着地铺。看情形他们是靠着门坐了一个半夜。

我说了千万声对不住,请他们进来。天已经亮了,卡车也用不着看守,便把他们请到内院的休息处去,请他们再休息。

雨不断地下着,似乎有绵下去的样子。我们有点后悔,晓得是昨天赶着回城去就好了。我和立群商量，想搭公路车回去,立群也有这样的意思,因为四个小孩子留在城里,实在也放心不下。

算好，雨下到九点钟左右也就开始住了。行李陆续搬运上车，最后替侠公运了一些煤。连人带行李把卡车堆积成一座山了。

我们要上车的时候，立群邀我同上水牛山去。路很淋漓，山上的花木已经呈出荒芜的现象。银杏亭已经倾斜，带皮松木所缀成的花栏已经零落。银杏亭三个字还在，署的日期是“甲申六月”。这是我去年下乡时写的。那时，亭才完成，山也才从坟堆中开辟出来不久。因为我爱银杏，因为我爱水牛，所以我就借它们来作为了亭名与山名。还不及一年便呈出了这样凋零的现象。

各色的花带着雨还寂寞地开着，大都是经过了攀折的残余，而被人委弃着的。

立群主张折些回城去插花瓶，我感觉着有点不忍。

——“要关照一声秦奉春①才行吧？”

——“回头关照他好了，丢在这儿，结果还是被人折去。”

折了一些柳穿鱼，金贝介，美人蕉，和一些常见而我不知名的黄花。

一株矮矮的花石榴，高还不及两尺，仅仅在一茎枝条上开着一朵花双瓣而鲜红，还有几颗蓓蕾。看来一定是今年才开始开花的。它引动了我。我想折下来，但又踌躕了。枝子有点垂，我起初还以为受了雨，花朵重的原故。待我低下头去细看时，它才是早被人折断了的。我便下了决心，索性把它折了下来。

立群还在菜园里面买了一箩筐四季豆，又一箩筐黄芽白，

① 秦奉春，字侠农，1910年生，江苏无锡人。工艺美术家。

是向合作社买的。合作社是文委会办的，只留了一位朋友在结束后事。合作社租了好些田地栽瓜种菜，也在一些荒山上垦了好些地面。租的退租，垦的半就荒芜了。我们所买的只是一些残余。

立群说："买回去可以犒劳佣人。另外我已经买了好些猪肉，可以让他们大打一次牙祭。"

走回卡车的时候，秦奉春也在那儿送行，我拿着花向他打招呼："奉春，我们折回去插花瓶。"

——"好的。已经没有剩下什么好花了。都被人偷了去。文委会被解散的消息一传出，菜也被人偷，花也被人折。开始是折，后来索性连根和土的搬走了。"

奉春说着这话时的表情和声调，不是愤激而是忧郁。水牛山公园是他一手一足经营出来的，连水牛山和银杏亭两个匾额都是他刻的字。他是美术家，做事很精细，因而也就徐缓，同人们背地里称之为"施乐先生"。施乐是英文Slow(慢)的音译。他费了一年多将近两年的经营，结果遭了蹂躏。这心情，我能够了解，决不会是寻常的。

——"是些什么人来偷的？"立群问得相当愤慨。

——"还不是附近机关里的人，毫无办法。"奉春仍然以迂徐的调子熏郁着。

卡车快要开了，我再进院子里去绕了一趟，看忘记了什么东西。中庭里好些被昨夜的狂风吹折下来的银杏桠枝。我怀着惜别的意思拾起了一枝来，也想拿回城去在花瓶中供养。有一个青青的果实，没有想出还在枝头。

飞雪崖

重九已经过去了足足七天,绵延了半个月的秋霖,今天算确实晴定了。

阳光发射着新鲜的诱力，似乎在对人说：把你们的脑细胞,也翻箱倒箧地,拿出来晒晒吧,快发霉了。

文委会留乡的朋友们,有一部分还有登高的佳兴,约我去游飞雪崖,但因我脚生湿气,行路不自由,更替我雇了一乘滑竿,真是很可感激的事,虽然也有些难乎为情。

同行者二十余人,士女相偕,少长咸集,大家的姿态都现得秋高气爽,真是很难得的日子呵,何况又是星期!

想起了煤烟与雾气所涵浸着的山城中的朋友们。朋友们,我们当然仅有咫尺之隔,但至少在今天却处的是两个世界。你们也有愿意到飞雪崖去的吗？我甘愿为你们作个向导啦。

你们请趁早搭乘成渝公路的汽车。汽车经过老鹰崖的盘旋,再翻下金刚坡的曲折,从山城出发后,要不到两个钟头的光景,便可以到达赖家桥。在这儿,请下车,沿着一条在田畴中流泻着的小河向下游走去。只消说要到土主场,沿途有不少朴实的农人,便会为你们指示路径的。

走得八九里路的光景便要到达一个乡镇,可有三四百户人家。假使是逢着集期,人是肩摩踵接,比重庆还要热闹。假使不是，尤其在目前天气好的日子，那就苍蝇多过于人了。——这是一切乡镇所通有的现象，倒不仅限于这儿，但这儿就是土主场了。

到了这儿，穿过场，还得朝西北走去。平坦的石板路，蜿蜒得三四里的光景，便引到一条相当壮丽的高滩桥，所谓高滩就是飞雪崖的俗名了。

桥下小河阔可五丈，也就是赖家桥下的那条小河——这河同乡下人一样是没有名字的。河水并不清洁，有时完全是泥水，但奇异的是，小河经过高滩桥后，河床纯是一片岩石，因此河水也就顿然显得清洁了起来。

奇异的是，岩石的河床过桥可有千步左右突然斩切地断折，上层的河床和下层相差至四五丈。河水由四五丈高的上层，形成抛物线倾泻而下，飞沫四溅，惊雷远震，在水大的时候，的确是一个壮观。这便是所谓飞雪崖了。

到了高滩桥，火抵是沿着河的左岸再走到这飞雪崖。岸侧有曲折的小径走下水边，几条飞奔的瀑布，一个沸腾着的深潭，两岸及溪中巨石磊磊，嶙峋历落，可供人伫立眺望。唯伫立过久，水沫湿衣，虽烈日当空，亦犹溕雨其蒙也。

河床断面并不整齐，靠近左岸处有岩石突出，颇类龙头，水量遍汇于此，为岩头析裂，分崩而下，譬之龙涎，特过猛烈。断床之下及左侧岩岸均洼入成一大岩穴，俨如整个河流乃一宏大爬虫，张其巨口。口中乱石如齿，沿绕齿床，可潜过水帘渡至彼岸，苔多石滑，真如在活物口中潜行，稍一不慎，便至失足。

右岸颇多乱草，受水气润泽，特为滋荣。岩头有清代及南宋人题壁。喜欢访古的人，仅这南宋人的题壁，或许已足诱发游兴的吧。

我们的一群,在午前十时左右,也走到了这儿。在我要算是第五次的来游了。虽久雨新晴,但雨量不多,因而水量也不甚大,在水帘后潜渡时遂无多大险厄。是抗战的恩惠,使我们在赖家桥的附近住上了四个夏天和秋天,而我是每年都要来游一次,去年还是来过两次的;可每次来都感觉着就和新来的一样。

我记得第一次来的时候便看到清代的一位翰林李为栋[①]所做的《飞雪崖赋》,赋文相当绮丽,是他的学生们所代题代刊在岩壁上的,上石的时期是乾隆五年。当年曾经有一书院在这侧近,现在是连废址都不可考了。李翰林掌教于此,对这飞雪崖极其心醉。赋文过长,字有残泐,赋首有序,其文云:

> 崖去渝郡六十里,相传太白、东坡皆题诗崖间,风雨残蚀,泯然无存。明巡按詹公朝用,阁部王公飞熊,里中人也。凿九曲池,修九层阁,极一时之盛游。而披读残碣,无一留题。……

的确,九曲池的遗迹是还存在,就在那河床上层的正中,在断折处与高滩桥之间,其形颇类亚字而较复杂。周围有础穴残存,大约就是九层阁的遗址吧。

但谓"披读残碣,无一留题",却是出人意外。就在那《飞雪

① 李为栋,四川巴县人。清乾隆元年丙辰(1736年)进士,曾任蒲州府知府。

皜皜的秋阳使全身的脉络都透着新鲜的暖意了。

崖赋》的更上一层，我在第二次去游览的时候，已就发现了两则南宋人的留题。一题“淳熙八年正月廿七日”，署名处有“李沂”字样。这一则的右下隅新近修一观音龛，善男善女们的捐款题名把岩石剜去了一大半，遂使全文不能属读，但残文里面有“曲水流觞”及“西南夷侵边”字样，则上层河床的亚字形九曲池，是不是明人所凿，便成问题了。另一则，文亦残泐，然其大半以上尚能属读。

（飞）雪崖自二冯而后，未有名胜之
（游），（蜀）难以来，罕修禊事之典。
（大帅）余公镇蜀之九年，岁淳祐辛亥，太
（平）有象，民物熙然。灯前三日，何东叔，
（季）和，侯彦正，会亲朋，集少长，而游
（其）下。酒酣笔纵，摩崖大书，以识
岁月。
……

末尾尚有两三行之谱，仅有字画残余，无法辨认。考“淳祐辛亥”乃南宋理宗淳祐十一年(西纪一二五一年)，所谓“余公镇蜀”者，系指当时四川制置使兼知重庆府事之余玠。余玠字义夫，蕲州人，《宋史》中有传。蕲州者，今之湖北蕲春县。余玠治蜀，大有作为，合川之钓鱼城，即其所筑；当时蒙古势力已异常庞大，南宋岌岌乎其危，而川局赖以粗安。游飞雪崖者谓为“太平有象，民物熙然”，足征人民爱戴之殷。乃余玠本人即于辛亥后二年(宝祐元年癸丑)受谗被调，六月仰毒而死，史称“蜀之

人莫不悲慕如失父母”,[1]盖有以也。

这两则南宋题壁,颇可宝贵,手中无《重庆府志》[2],不知道是否曾经著录,所谓“二冯”亦不知何许人。在乾隆初年做《飞雪崖赋》的翰林对此已不经意,大约是未经著录的吧。我很想把它们捶搨下来,但可惜没有这样的方便。再隔一些年辰,即使不被风雨剥蚀,也要被信男信女们剜除干净了。

在题壁下留连了好一会,同行的三十余人,士女长幼,都渡过了岸来,正想要踏寻归路了,兴致勃勃的应对我说:“下面不远还有一段很平静的水面,和这儿的情景完全不同。值得去看看。”

我几次来游都不曾往下游去过,这一新的劝诱,虽然两只脚有些反对的意思,结果是把它们镇压了。

沿着右岸再往下走,有时路径中断,向草间或番薯地段踏去,路随溪转,飞泉于瞬息之间已不可见。前面果然展开出一片极平静的水面,清洁可鉴,略泛涟漪,淡淡秋阳,爱抚其上。水中岩床有一尺见方的孔穴二十有八个,整齐排列,间隔尺余,直达对岸,盖旧时堰砌之废址。农人三五,点缀岸头,毫无惊扰地手把锄犁,从事耘植。

溪面复将曲折处,左右各控水碾一座,作业有声。水被堰截,河床裸出。践石而过,不湿步履。

一中年妇人,头蒙白花蓝布巾,手捧番薯一篮,由左岸的

---

① 《宋史·余玠传》:“宝祐元年(1253年),闻有召命,愈不自安,一夕暴下卒,或谓仰药死。蜀之人莫不悲慕如失父母。”

② 清王梦庚修,寇宗纂。九卷。

碾坊中走出，踏阶而下，步至河心，就岩隙流澌洗刷番薯。见之颇动食兴。

——“早晓得有这样清静的地方，应该带些食物来在这儿‘辟克涅克’[①]了。”

我正对着并肩而行的应这样说。高原已走近妇人身边，似曾略作数语，一个洗干净了的番薯，慷慨地被授予在了她的手中。高原断发垂肩，下着阴丹布工装裤，上着白色绒线短衣，两相对照，颇似画图。

过溪，走进了左岸的碾坊。由石阶而上，穿过一层楼房，再由石阶而下便到了水磨所在的地方。碾的是麦面。下面的水伞和上面的磨石都运转得相当纡徐。有一位朋友说：这水力怕只有一个马力。

立着看了一会，又由原道折回右岸。是应该赶回土主场吃中饭的时候了，但大家都不免有些依依的留恋。

——“两岸的树木可惜太少。”

——“地方也太偏僻了。”

——“假使再和陪都接近得一点，更加些人工的培植，那一定是大有可观的。”

——“四年前政治部有一位秘书，山东人姓高的，平生最喜欢屈原，就在五月端午那一天，在飞雪岩下淹死了。”

——“那真是‘山东屈原’啦！”

大家轰笑了起来：因为同行中有山东诗人臧云远[②]，平时

---

① 作者原注：英文Picnic，野餐之意。

② 臧云远，1913年生，山东蓬莱县人。作家。抗战期间，在重庆全国文艺界抗敌协会从事诗歌创作活动。

是被朋侪间戏呼为“山东屈原”的。

——“这儿比歇马场的飞泉如何？”

——“水量不敌，下游远胜。”

一片的笑语声在飞泉的伴奏中唱和着。

路由田畴中经过，荞麦正开着花，青豆时见残株，农人们多在收获番薯。

皜皜的秋阳使全身的脉络都透着新鲜的暖意了。

蔷薇哟，
我虽然不能供养你以春酒，
但我要供养你以清洁的流泉，
清洁的素心。

路畔的蔷薇

清晨往松林里去散步，我在林荫路畔发见了一束被人遗弃了的蔷薇。蔷薇的花色还是鲜艳的，一朵紫红，一朵嫩红，一朵是病黄的象牙色中带着几分血晕。

我把蔷薇拾在手里了。

青翠的叶上已经凝集着细密的露珠，这显然是昨夜被人遗弃了的。

这是可怜的少女受了薄幸的男子的欺绐？还是不幸的青年受了轻狂的妇人的玩弄呢？

昨晚上甜蜜的私语，今朝的冷清的露珠……

我把蔷薇拿到家里来了，我想找个花瓶来供养它。

花瓶我没有，我在一只墙角上寻着了一个断了颈子的盛酒的土瓶。

——蔷薇哟，我虽然不能供养你以春酒，但我要供养你以清洁的流泉，清洁的素心。你在这破土瓶中虽然不免要凄凄寂寂地飘零，但比遗弃在路旁被人践踏了的好罢？

夕暮

我携着三个孩子在屋后草场中嬉戏着的时候，夕阳正烧着海上的天壁,眉痕的新月已经出现在鲜红的云缝里了。

草场中牧放着的几条黄牛,不时曳着悠长的鸣声,好象在叫它们的主人快来牵它们回去。

我们的两匹母鸡和几只鸡雏，先先后后地从邻寺的墓地里跑回来了。

立在厨房门内的孩子们的母亲向门外的沙地上撒了一握米粒出来。

母鸡们咯咯咯地叫起来了,鸡雏们也啁啁地争食起来了。

——“今年的成绩真好呢,竟养大了十只。”

欢愉的音波,在金色的暮霭中游泳。

水墨画

天空一片灰暗,没有丝毫的日光。

海水的蓝色浓得惊人,舐岸的微波吐出群鱼喋嗡的声韵。

这是暴风雨欲来时的先兆。

海中的岛屿和乌木的雕刻一样静凝着了。

我携着中食的饭匣向沙岸上走来，在一只泊系着的渔舟里面坐着。

一种淡白无味的凄凉的情趣——我把饭匣打开，又闭上了。

回头望见松原里的一座孤寂的火葬场。红砖砌成的高耸的烟囱口上,冒出了一笔灰白色的飘忽的轻烟……

山茶花

昨晚从山上回来,采了几串茨实、几簇秋楂、几枝蓓蕾着的山茶。

我把它们投插在一个铁壶里面,挂在壁间。

鲜红的楂子和嫩黄的茨实衬着浓碧的山茶叶——这是怎么也不能描画出的一种风味。

黑色的铁壶更和苔衣深厚的岩骨一样了。

今早刚从熟睡里醒来时，小小的一室中漾着一种清香的不知名的花气。

这是从什么地方吹来的呀？——

原来铁壶中投插着的山茶,竟开了四朵白色的鲜花!

啊,清秋活在我壶里了!

啊，
清秋活在我壶里了！

墓

昨朝我一人在松林里徘徊，在一株老松树下戏筑了一座砂丘。

我说,这便是我自己的坟墓了。

我便拣了一块白石来写上了我自己的名字，把来做了墓碑。

我在墓的两旁还移种了两株稚松把它伴守。

我今朝回想起来,又一人走来凭吊。

但我已经走遍了这莽莽的松原，我的坟墓究竟往那儿去了呢?

啊,死了的我昨日的尸骸哟,哭墓的是你自己的灵魂,我的坟墓究竟往那儿去了呢?

白发

许久储蓄在心里的诗料，今晨在理发店里又浮上了心来了。——

你年青的，年青的，远隔河山的姑娘哟，你的名姓我不曾知道，你恕我只能这样叫你了。

那回是春天的晚上罢？你替我剪了发，替我刮了面，替我盥洗了，又替我涂了香膏。

你最后替我分头的时候，我在镜中看见你替我拔去了一根白发。

啊，你年青的，年青的，远隔河山的姑娘哟，飘泊者自从那回离开你后又飘泊了三年，但是你的慧心替我把青春留住了。

你的慧心替我把青春留住了。

梦与现实

上

昨晚月光一样的太阳照在兆丰公园的园地上。一切的树木都在赞美自己的幽闲。白的蝴蝶、黄的蝴蝶，在麝香豌豆的花丛中翻飞，把麝香豌豆的蝶形花当作了自己的姊妹。你看它们飞去和花唇亲吻，好象在催促着说：

"姐姐妹妹们，飞罢，飞罢，莫尽站在枝头，我们一同飞罢。阳光是这么和暖的，空气是这么芬芳的。"

但是花们只是在枝上摇头。

在这个背景之中，我坐在一株桑树脚下读太戈尔的英文诗。

读到了他一首诗，说他清晨走入花园，一位盲目的女郎赠了他一只花圈。①

① 指泰戈尔《园丁集》第五十八首。全诗共四行(谢冰心译)：

有一天早晨，一个盲女来献给我一串盖在荷叶下的花环。
我把它挂在颈上，泪水涌上我的眼睛。
我吻了她，说，"你和花朵一样地盲目。
你自己不知道你的礼物是多么美丽。"

我觉悟到他这是一个象征,这盲目的女郎便是自然的美。

我一悟到了这样的时候, 我眼前的蝴蝶都变成了翩翩的女郎,争把麝香豌豆的花茎作成花圈,向我身上投掷。

我埋没在花园的坟垒里了。——

我这只是一场残缺不全的梦境,但是,是多么适意的梦境呢!

下

今晨一早起来,我打算到静安寺前的广场去散步。

我在民厚南里的东总弄,面着福煦路的门口,却看见了一位女丐。她身上只穿着一件破烂的单衣,衣背上几个破孔露出一团团带紫色的肉体。她低着头踞在墙下把一件小儿的棉衣和一件大人的单衣,卷成一条长带。

一个四岁光景的女儿踞在她的旁边,戏弄着乌黑的帆布背囊。女丐把衣裳卷好了一次,好象不如意的光景,打开来从新再卷。

衣裳卷好了, 她把来围在腰间了。她伸手去摸布囊的时候,小女儿从囊中取出一条布带来,如象漆黑了的一条革带。

她把布囊套在颈上的时候,小女儿把布带投在路心去了。

她叫她把布带给她,小女儿总不肯,故意跑到一边去向她憨笑。

她到这时候才抬起头来,啊,她才是一位——瞎子。

她空望着她女儿笑处, 黄肿的脸上也隐隐露出了一脉的笑痕。

有两三个孩子也走来站在我的旁边, 小女儿却拿她的竹竿来驱逐。

四岁的小女儿,是她瞎眼妈妈的唯一的保护者了。

她嬉顽了一会,把布带给了她瞎眼的妈妈,她妈妈用来把她背在背上。瞎眼女丐手扶着墙起来,一手拿着竹竿,得得得地点着,向福煦路上走去了。

我一面跟随着她们,一面想:

唉!人到了这步田地也还是要生活下去!那围在腰间的两件破衣,不是她们母女两人留在晚间用来御寒的棉被吗?

人到了这步田地也还是要生活下去!人生的悲剧何必向莎士比亚的杰作里去寻找,何必向川湘等处的战地去寻找,何必向大震后的日本东京去寻找呢?

得得得的竹竿点路声……是走向墓地去的进行曲吗?

马道旁的树木,叶已脱完,落叶在朔风中飘散。

啊啊,人到了这步田地也还是要生活下去!……

我跟随她们走到了静安寺前面,我不忍再跟随她们了。在我身上只寻出了两个铜元,这便成了我献给她们的最菲薄的敬礼。

寄生树与细草

寄生树站在一株古木的高枝上，在空气中洋洋得意。它倨傲地俯瞰着下面的细草说道：

“你们可怜的小草儿，你看我的位置是多么高，你们是多么矮小！”

细草们没有回答。

寄生树又自言自语地唱道：

“啊哈哟，我是大自然中的天骄。有大树做我庇护，有大树供我养料。我是神不亏而精不劳，高瞻乎宇宙，君临乎小草，披靡乎浮云，揖友乎百鸟。啊哈哟，我是大自然中的天骄。”

一场雷雨，把大树劈倒了。寄生树和古木的高枝倒折在草上。细草儿们为它哀哭了一场。

寄生树渐渐枯死了。每逢下雨的时候，细草们便追悼它，为它哀哭。

寄生树被老樵夫捡拾在大箩筐里，卖到瓦窑里去烧了。每逢下雨的时候，细草们还在追悼它，为它哀哭。

《辛夷集》小引

有一天清早,太阳从东海出来,照在一湾平如明镜的海水上,照在一座青如螺黛的海岛上。

岛滨砂岸,经过晚潮的洗刷,好象面着一张白绢的一般。

近海处有一岩石洼穴中,睡着一匹小小的鱼儿,是被猛烈的晚潮把它抛撇在这儿的。

岛上松林中,传出一片女子的歌声:

月光一样的朝暾
照透了蓊郁着的森林,
银白色的沙中
交横着迷离疏影。

一个穿白色的唐时装束的少女走了出来。她头上顶着一幅素罗,手中拿着一支百合,两脚是精赤裸裸的。她一面走,一面唱歌。她的脚印,印在雪白的沙岸上,就好象一瓣一瓣的辛夷。

她在沙岸上走了一会,走到鱼儿睡着的岩石上来了。她仰头眺望了一回,无心之间,又把头儿低了下去。

她把头儿低了下去,无心之间,便看见洼穴中的那匹鱼

我自己的童心也和那失了花时的花一样，又复活了。

儿。

她把腰儿弓了下去，详细看那鱼儿时，她才知道它是死了。

她不言不语地,不禁涌了几行清泪,点点滴滴地滴在那洼穴里。洼穴处便汇成一个小小的泪池。

少女哭了之后,她又凄凄寂寂地走了。

鱼儿在泪池中便渐渐苏活了转来。

大山朴

——“大山朴又开了一朵花啦！”

是八月中旬的一天清早，内子在开着窗户的时候，这样愉快地叫着。

我很惊异，连忙跑到她的身边，让眼睛随着她的指头看去，果然有一朵不甚大的洁白的花开在那幼树的中腰处的枝头。

大山朴这种植物，——学名叫Magnolia grandiflora——是属于木兰科的常绿乔木，据说原产地是北美。这种植物，在日本常见，我很喜欢它。我喜欢它那叶象枇杷而更滑泽，花象白莲而更芬芳。花，通常是在五六月间开的。花轮甚大，直径自五六寸至七八寸。

六年前买了一株树秧来种在庭前的空地里，树枝已经渐次长成了。在今年的五月下旬开过一朵直径八寸的处女花，曾给了我莫大的喜悦。

但是离开花时已经两月以上了，又突然开出了第二朵花来。

这的确是一种惊异。

我自己的童心也和那失了花时的花一样，又复活了。我赶快跑下园子去，想把那开着花的枝头挽下来细看，吟味那花的清香。

然而,不料我的手刚攀着树枝,用力并不猛,那开着花的枝,就从那着干处发出了勃察的一声! ——这一声,真好象一支箭,刺透了我的心。

我连忙把树枝撑着,不让它断折下来,一面又连忙地叫。“树枝断了,赴快拿点绳子来吧! ”

内子拿了一条细麻绳来,我用头把树枝顶着,把它套在干上。

内子又寻了一条布片来,敷上些软泥,把那伤处缠缚着了。

自己的心里有种说不出的懊悔。

——“这样热的天气,这条树枝怕一定会枯的。”我凄切地说。

但最初的惊异仍然从我的口中发出了声音来:“为什么迟了两个月,又开出了这朵花呢? ”隐隐有点迷信在我心中荡漾着,我疑是什么吉兆,花枝断了,吉兆也就破了。

——“大约是因为树子嫩,这朵花的养分不足,故尔失了花时。”内子这样平明地对我解说。

或许怕是吧。今年是特别热的,大约是三伏的暑气过于严烈,把这朵花压迫着了。好容易忍到交秋,又才突破了外压和它所憧憬着的阳光相见。

然而, 可怜的这受了压迫而失了时的花, 刚得到自行解放,便遭了我这个自私自利者的毒手!

杜 鹃

杜鹃，敝同乡的魂，在文学上所占的地位，恐怕任何鸟都比不上。

我们一提起杜鹃，心头眼底便好象有说不尽的诗意。它本身不用说，已经是望帝的化身了。有时又被认为薄命的佳人，忧国的志士；声是满腹乡思，血是遍山踯躅；可怜，哀惋，纯洁，至诚……在人们的心目中成为了爱的象征。[①]这爱的象征似乎已经成为了民族的感情。

而且，这种感情还超越了民族的范围，东方诸国大都受到了感染。例如日本，杜鹃在文学上所占的地位，并不亚于中国。

然而，这实在是名实不符的一个最大的例证。

杜鹃是一种灰黑色的鸟，毛羽并不美，它的习性专横而残忍。

杜鹃是不营巢的，也不孵卵哺雏。到了生殖季节，产卵在

---

① 杜鹃，鸟名。本名鹃，相传为古蜀帝杜宇之魂所化，故名杜鹃，又名子鹃、杜宇、子规、望帝。其声凄哀。古人认为它的叫声好象在说“不如归去”，故在诗文中多借以表现乡思。也有借以表现佳人薄命、志士忧国之情的，如宋代女词人朱淑真的《蝶恋花》和爱国词人辛弃疾的《贺新郎·别茂嘉十二弟》。

莺巢中，让莺替它孵卵哺雏。雏鹃比雏莺大，到将长成时，甚且比母莺还大。鹃雏孵化出来之后，每将莺雏挤出巢外，任它啼饥号寒而死，它自己独霸着母莺的哺育。莺受鹃欺而不自知，辛辛苦苦地哺育着比自己还大的鹃雏：真是一件令人不平、令人流泪的情景。

想到了这些实际，便觉得杜鹃这种鸟大可以作为欺世盗名者的标本了。然而，杜鹃不能任其咎。杜鹃就只是杜鹃，它并不曾要求人把它认为佳人、志士。

人的智慧和莺也相差不远，全凭主观意象而不顾实际，这样的例证多的是。

因此，过去和现在都有无数的人面杜鹃被人哺育着。将来会怎样呢？莺虽然不能解答这个问题，人是应该解答而且能够解答的。

银 杏

银杏，我思念你，我不知道你为什么又叫公孙树。[①]但一般人叫你是白果，那是容易了解的。

我知道，你的特征并不专在乎你有这和杏相仿佛的果实，核皮是纯白如银，核仁是富于营养——这不用说已经就足以为你的特征了。

但一般人并不知道你是有花植物中最古的先进，你的花粉和胚珠具有着动物般的性态，你是完全由人力保存了下来的奇珍。

自然界中已经是不能有你的存在了，但你依然挺立着，在太空中高唱着人间胜利的凯歌。

你这东方的圣者，你这中国人文的有生命的纪念塔，你是只有中国才有呀，一般人似乎也并不知道。

我到过日本，日本也有你，但你分明是日本的华侨，你侨居在日本大约已有中国的文化侨居在日本的那样久远了吧。

你是真应该称为中国的国树的呀，我是喜欢你，我特别的

---

① 古代传说中华民族的祖先黄帝复姓公孙，因银杏生存年代久远，与中国有文字记载的历史相等，所以人们称银杏为“公孙树”。一说因其生长期缓慢，公公种下的树，要到孙子长大时才能吃到果实，所以取了这个名字。

喜欢你。

但也并不是因为你是中国的特产,我才特别的喜欢,是因为你美,你真,你善。

你的株干是多么的端直,你的枝条是多么的蓬勃,你那折扇形的叶片是多么的青翠,多么的莹洁,多么的精巧呀!

在暑天你为多少的庙宇戴上了巍峨的云冠，你也为多少的劳苦人撑出了清凉的华盖。

梧桐虽有你的端直而没有你的坚牢;

白杨虽有你的葱茏而没有你的庄重。

熏风会媚妩你,群鸟时来为你欢歌;上帝百神——假如是有上帝百神,我相信每当皓月流空,他们会在你脚下来聚会。

秋天到来,蝴蝶已经死了的时候,你的碧叶要翻成金黄,而且又会飞出满园的蝴蝶。

你不是一位巧妙的魔术师吗？但你丝毫也没有令人掩鼻的那种的江湖气息。

当你那解脱了一切，你那槎枒的枝干挺撑在太空中的时候,你对于寒风霜雪毫不避易。

那是多么的嶙峋而又洒脱呀，恐怕自有佛法以来再也不曾产生过象你这样的高僧。

你没有丝毫依阿取容的姿态,而你也并不荒伧;你的美德象音乐一样洋溢八荒，但你也并不骄傲；你的名讳似乎就是“超然”,你超在乎一切的草木之上,你超在乎一切之上,但你并不隐遁。

你的果实不是可以滋养人,你的木质不是坚实的器材,就是你的落叶不也是绝好的引火的燃料吗？

可是我真有点奇怪了：奇怪的是中国人似乎大家都忘记

了你，而且忘记得很久远，似乎是从古以来。

我在中国的经典中找不出你的名字，我很少看到中国的诗人咏赞你的诗，也很少看到中国的画家描写你的画。

这究竟是怎么一回事呀，你是随中国文化以俱来的亘古的证人，你不也是以为奇怪吗？

银杏，中国人是忘记了你呀，大家虽然都在吃你的白果，都喜欢吃你的白果，但的确是忘记了你呀。

世间上也尽有不辨菽麦的人，但把你忘记得这样普遍，这样久远的例子，从来也不曾有过。

真的啦，陪都不是首善之区吗？但我就很少看见你的影子；为什么遍街都是洋槐，满园都是幽加里树①呢？

我是怎样的思念你呀，银杏！我可希望你不要把中国忘记吧。

这事情是有点危险的，我怕你一不高兴，会从中国的地面上隐遁下去。

在中国的领空中会永远听不着你赞美生命的欢歌。

银杏，我真希望呀，希望中国人单为能更多吃你的白果，总有能更加爱慕你的一天。

① 即桉树(eucalyptus)，常绿乔木。

芍药及其他

芍 药

昨晚往国泰后台去慰问表演《屈原》的朋友们，看见一枝芍药被抛弃在化妆桌下，觉得可惜，我把它拣了起来。

枝头有两朵骨朵，都还没有开；这一定是为屈原制花环的时候被人抛弃了的。

在那样杂沓的地方，幸好是被抛在桌下没有被人践踏呀。

拿回寓里来，剪去了一节长梗，在菜油灯上把切口烧了一会，便插在我书桌上的一个小巧的白磁瓶里。

清晨起来，看见芍药在瓶子里面开了。花是粉红，叶是碧绿，颤葳葳地向着我微笑。

水 石

水里的小石子，我觉得，是最美妙的艺术品。

那圆融，滑泽，和那多种多样的形态，花纹，色彩，恐怕是人力以上的东西吧。

这不必一定要雨花台的文石，就是随处的河流边上的石碛都值得你玩味。

你如蹲在那有石碛的流水边上，肯留心向水里注视，你可以发现一个光怪陆离的世界。

那个世界实在是绚烂，新奇，然而却又素朴，谦抑，是一种极有内涵的美。

不过那些石子却不好从水里取出。

从水里取出，水还没有干时，多少还保存着它的美妙。待水分一干，那美妙便要失去。

我感觉着，多少体会了艺术的秘密。

石 池

张家花园的怡园前面有一个大石池，池底倾斜，有可供人上下的石阶，在初必然是凿来做游泳池的。但里面一珠水也没有。因为石缝砌得严密，也没有进出一株青草，蒸出一钱苔痕。

我以前住在那附近，偶尔去散散步，看见邻近驻扎的军队有时也就在池底上操练。这些要算是这石池中的暂时飞来的生命的流星了。

有一次敌机来袭，公然投了一个燃烧弹在这石池里面，炸碎几面石板，烧焦了一些碎石。

弹阬并不大，不久便被人用那被炸碎了的碎石填塞了。石池自然是受了伤，带上了一个瘢痕。

再隔不许久，那个瘢痕却被一片片青青的野草遮遍了。

石池中竟透出了一片生命的幻洲。

花是粉红，叶是碧绿，颤葳葳地向着我微笑。

母 爱

这幅悲惨的画面,我是永远也不会忘记的。

是三年前的“五三”那一晚,敌机大轰炸,烧死了不少的人。

第二天清早我从观音岩上坡，看见两位防护团员扛着一架成了焦炭的女人尸首。

但过细看，那才不只一个人，而是母子三人焦结在一道的。

胸前抱着的是一个还在吃奶的婴儿，腹前拳伏着的又是一个,怕有三岁光景吧。

母子三人都成了骸炭,完全焦结在一道。

但这只是骸炭吗?

蚯蚓

我是生于土死于土的蚯蚓，再说通俗一点吧，便是所谓曲鳝子，或者再不通俗一点吧，便是“安尼里陀”(Annelida，即蠕虫类)的一属。

我的神经系统是很单纯的。智慧呢？说不上。简直是不能用你们人类——你们“活魔、撒骗士”(Homo Sapiens，即人类)的度量衡来计算。

因此我们并不敢妄想要来了解你们，但希望你们不要把我们误解或至少对于你们有关系的事物更能够了解得一点。

你们不是说是万物之灵吗？尤其是你们中的诗人不是说是“灵魂的工程师”[①]吗？那岂不又该是万人之灵了？

前好几天，下了一点雨，我在一座土墙下，伸出头来，行了一次空气浴。隔着窗子我听见一位“灵魂的工程师”在朗诵他的诗：

——蚯蚓呀，我要诅咒你。你的唯一的本领，就是只晓得打坏辛苦老百姓们的地皮。

---

① 据日丹诺夫1934年8月17日《在全苏作家第一次代表大会上的讲演》，斯大林1932年秋同作家会晤时，曾称“作家是人类灵魂的工程师”。

诗就只有这么几句，但不知道是分成廿行卅行。听说近来一行一字——甚至于有行没字的诗是很流行的，可惜我没有看见原稿。

诗翻来复去的朗诵了好几遍，虽然有几个字眼咬得还不十分清楚，但是朗诵得确是很起劲。

照我们蚯蚓的智慧说来，这样就是诗，实在有点不大了解，不过我也不敢用我们蚯蚓的智慧来乱作批评。但我们蚯蚓，在“灵魂的工程师”看来，才是这么应该诅咒的东西，倒实在是有点惶恐。

我们也召开了一次诗歌座谈会，根据这首诗来作自我批评。可我们蚯蚓界里对于诗歌感觉兴趣的蚯蚓，都不大十分注重这件事。

大部分的同志只是发牢骚，他们说：“活魔”是有特权的，只要高兴诅咒，就让他们诅咒吧。

有的说：我们生于土、死于土，永远都抬不起头，比这还有更厉害的诅咒，我也并不觉得害怕了。

有的又说：假设我们打坏地皮于他们是有害，那就让这害更深刻而猛烈一点。

发了一阵牢骚没有丝毫着落，我们还是要生于土，死于土，而且还要受“灵魂的工程师”诅咒。这实在是活不下去了。我是这样感觉着，因而便想到自杀。

“活魔”们哟，你们不要以为连自杀都是只有你们才能够有的特权吧，你们看吧，我们曲蟮子也是晓得自杀的。

不过我们的方法和你们的是正相反，你们是钻进土里来或钻进水里来，便把生命庾死了，我们是钻出土外或钻出水外去，便把生命解放了。

今天是我选择来自杀的一天，我虽然晓得太阳很大，在土里都感受着它的威胁，但我知道这正是便于自杀的一天。

我实在气不过，我要剥夺你们“活魔”的特权。你诅咒我吧，我要用死来回答你。

我怀着满怀的愤恨，大胆的从土里钻出去，去迎接那杀身的阳光。

我一出土，又听见有人在朗诵。——哼，见鬼！我赶快想缩回去，但没有来得及，那朗诵的声音已经袭击着我：

——……达尔文[1]著的《腐植土和蚯蚓》里面曾经表彰过蚯蚓，说它们在翻松土壤上有怎样重大的贡献。……

吓?!我们还经过大科学家表彰过的吗？我们在翻松土壤上才是有着很大的贡献吗？这倒很有意思，我要耐心着听下去。

——蚯蚓吞食很多的土壤，把那里面的养分消化了，又作为蚯蚓的粪，把土壤推出地面上来。在蚯蚓特别多的肥沃的园地里面，每一英亩约有五万匹之谱，一年之内会有十吨以上的土壤通过它们的身体被推送到地面，在十年之内会形成一片细细耕耨过的地皮，至少有两英吋厚。……

对啦。要这样才象话啦！这正是我们蚯蚓界的实际情形。我虽然已经感觉着太阳晒到有点难受了，但我冒着生命的危险，还要忍耐着听下去。

——用达尔文自己的话说吧：“犁头是人类许多最古而

---

① 达尔文(C. R. Darwin，1809—1882)，英国生物学家，进化论的奠基者。主要著作有《物种起源》等。

最有价值的发明之一,但在人类未出现之前,地面实在是老早就被蚯蚓们有秩序地耕耨着，而且还要这样继续耕耨下去,别的无数的动物们在世界史中是否曾经做过这样重大的贡献,象这些低级的被构造着的生物们所做过的一样,那可是疑问。”

我受着莫大的安慰,把自杀的念头打断了。太阳实在晒得太厉害，差一点就要使我动弹不得了，我赶快用尽全身的气力,钻进了土里来。

我在土里渐渐喘息定了,把达尔文的话,就跟含有养分的土壤一样,在肚子里咀嚼,愈咀嚼愈觉得有味。究竟是科学家和诗人不同,英国的科学家和中国的诗人,相隔得似乎比英国到中国的距离还要远啦。

平心静气的说,我们生在土里,死在土里,吞进土来,拉出土去,我们只是过活着我们的一生,倒并没有存心对于你们人要有什么好处,或有什么害处。

因而你们要表彰我们,在我们是不虞之誉;你们要诅咒我们,在我们也是求全之毁。

我们倒应该并不因为你们的表彰而受着鼓励，也并不因为你们的诅咒而感到沮丧。

不过你那位万物之灵中的“灵魂的工程师”哟,你那位蚯蚓诗人哟,一种东西对于自己究竟是有利还是有害,你至少是有灵魂的,当你要诅咒,或要开始你的工程之前,请先把你的灵魂活用一下吧。

或许你是不高兴读科学书，或许甚至是不高兴什么达尔文；因为你有的是屈原、杜甫、荷马、莎翁。[1]这些人的作品你究竟读过没有，我虽然不知道，但你是在替老百姓说话啦，那就请你去问问老百姓看。

老百姓和我们最为亲密，他也是生于土而死于土，可以说是你们人中的蚯蚓。

几千年来，你们的老百姓曾经诅咒过我们吗？他曾经诅咒过我们，象蝗虫，象蟊贼，象麻雀，象黄鳝，乃至象我们的同类蚂蝗吗？古今中外的老百姓都不曾诅咒过我们，而你替老百姓说话的人，你究竟看见过锄头没有？

老百姓自然也不曾称赞过我们，因为他并没有具备着阿谀的辞令，不象你们诗人们动辄就要赞美杜鹃，同情孤雁那样。

其实杜鹃是天生的侵略者，你们知道吗？它自己不筑巢，把卵生在别个的巢里，让别的鸟儿替它孵化幼雏，而这幼雏还要把它的义兄弟姊妹挤出巢外，让它们夭折而自己独占养育之恩，你们知道吗？

离群的孤雁是雁群的落伍者，你们知道吗？你们爱把雁行比成兄弟，其实它们是要争取时间，赶着飞到目的地点，大家都尽所有的力量在比赛，力量相同，故尔飞得整齐划一，但假如有一只力弱，或生病，或负伤，它们便要置之不顾，有时甚

---

① 屈原(约前340—约前278)，名平，战国时楚国人。诗人。代表作有《离骚》《九章》《九歌》和《天问》等。 杜甫(712—770)，字子美，原籍襄阳(今属湖北)，生于河南巩县。唐代诗人。有《杜工部集》。荷马(Homeros，约前9至8世纪)，古希腊诗人。相传史诗《伊利亚特》《奥德赛》为他所作。莎翁，指莎士比亚(W. Shakespeare, 1564—1616)，英国戏剧家，诗人。主要作品有喜剧《仲夏夜之梦》《威尼斯商人》，悲剧《罗米欧与朱丽叶》《汉姆雷特》等。

至要群起而啄死它。这就是被你们赞美而同情的孤雁了,你们知道吗?

你们不顾客观的事实,任意的赞扬诅咒,那在你们诚然是有特权,但你们不要把我们做蚯蚓的气死了吧。

不要以为死了一批蚯蚓算得什么,但在你们的老百姓便是损失了无数的犁头啦。

我们是生于土而死于土的,有时你们还要拿我们去做钓鱼的饵,但不必说,就是死在土里也还是替你们做肥料,这样都还要受诅咒,那就难为我们做蚯蚓的了。

但是我现在只不过是这样说说而已,我是已经把自杀的念头抛去了的。达尔文的话安慰了我,从死亡线上把我救活了转来。我还是要继续着活下去,照他所说的继续着耕耨下去。在世界史上做出一匹蚯蚓所能做到的贡献。

我们有点后悔,刚才不应该一肚子的气愤只是想自杀,更不应该昏天黑地的没有把那位读书的人看清楚。他是倚着一株白果树在那儿站着的,似乎是一位初中学生。

我很想再出土去看清楚他来,但是太阳实在大得很,而且我生怕又去碰着了蚯蚓诗人的朗诵。

算了吧,我要冷静一点了,沉默地埋在土里,多多的让土壤在我的身体中旅行。明天会不会被那一位“活魔”挖去做钓鱼的饵,谁个能够保证呢?

丁东草 （三章）

丁 东

我思慕着丁东——

可是并不是那环佩的丁东，铁马的丁东，而是清冽的泉水滴下深邃的井里的那种丁东。

清冽的泉水滴下深邃的井里，井上有大树罩荫，让你在那树下盘旋，倾听着那有节奏的一点一滴，那是多么清永的凉味呀！

古时候深宫里的铜壶滴漏在那夜境的森严中必然曾引起过同样的感觉，可我不曾领略过。

在深山里，崖壑幽静的泉水边，或许也更有一番逸韵沁人心脾，但我小时并未生在山中，也从不曾想过要在深山里当一个隐者。

因此我一思慕着丁东，便不免要想到井水，更不免要想到嘉定的一眼井水。

住在嘉定城里的人，怕谁都知道月儿塘前面有一眼丁东井的吧。井旁有榕树罩荫，清冽的水不断的在井里丁东。

诗人王渔洋曾经到过嘉定，似乎便是他把它改为了方响洞的。[1]是因为井眼呈方形？还是因为井水的声音有类古代的乐器“方响”？或许是双关二意吧？

但那样的名称，那有丁东来得动人呢？

我一思慕着丁东，便不免要回想着这丁东井。

小时候我在嘉定城外的草堂寺读过小学。我有一位极亲密的学友就住在丁东井近旁的丁东巷内。每逢星期六，城里的学生是照例回家过夜的，傍晚我送学友回家，他必然要转送我一程；待我再转送他，他必然又要转送。象这样的辗转相送，在那昏黄的街道上也可以听得出那丁东的声音。

那是多么隽永的回忆呀，但不知不觉地也就快满四十年了。相送的友人已在三十年前去世，自己的听觉也在三十年前早就半聋了。

无昼无夜地我只听见有苍蝇在我耳畔嗡营，无昼无夜地我只感觉有风车在我脑中旋转，丁东的清彻已经被友人带进坟墓里去了。

四年前我曾经回过嘉定，却失悔不应该也到过月儿塘，那儿是完全变了。方响洞依然还存在，但已阴晦得不堪。我不敢挨近它去，我相信它是已经死了。

我愿意谁在我的两耳里注进铁汁，让这无昼无夜嗡营着的苍蝇，无昼无夜旋转着的风车都一道死去。

然而清冽的泉水滴下深邃的井里，井上有大树罩荫；你能在那树下盘旋，倾听着那一点一滴的声音，那是多么清永的凉

---

① 据《嘉定府志》卷五《古迹》记载：将丁东水(即作者所说丁东井)改名为方响洞的，是宋代诗人黄庭坚(1045—1105)。黄庭坚诗《题丁东水》：“古人题作丁东水，自古丁东直到今。我为更名方响洞，要知山水有清音。”

味呀!

我永远思慕着丁东。

白鹭

白鹭是一首精巧的诗。

色素的配合,身段的大小,一切都很适宜。

白鹤太大而嫌生硬，即如粉红的朱鹭或灰色的苍鹭也觉得大了一些,而且太不寻常了。

然而白鹭却因为它的常见,而被人忘却了它的美。

那雪白的蓑毛,那全身的流线型结构,那铁色的长喙,那青色的脚,增之一分则嫌长,减之一分则嫌短,素之一忽则嫌白,黛之一忽则嫌黑。

在清水田里时有一只两只站着钓鱼，整个的田便成了一幅嵌在琉璃框里的画面。田的大小好象是有心人为白鹭设计出的镜匣。

晴天的清晨每每看见它孤独地站立在小树的绝顶，看来象不是安稳，而它却很悠然。这是别的鸟很难表现的一种嗜好。人们说它是在望哨,可它真是在望哨吗?

黄昏的空中偶见白鹭的低飞,更是乡居生活中的一种恩惠。那是清澄的形象化,而且具有了生命了。

或许有人会感着美中的不足,白鹭不会唱歌。但是白鹭的本身不就是一首很优美的歌吗?——不,歌未免太铿锵了。

白鹭实在是一首诗,一首韵在骨子里的散文诗。

石 榴

五月过了,太阳增加了它的威力,树木都把各自的伞盖伸张了起来,不想再争妍斗艳的时候,有少数的树木却在这时开起了花来。石榴树便是这多数树木中的最可爱的一种。

石榴有梅树的枝干,有杨柳的叶片,奇崛而不枯瘠,清新而不柔媚,这风度实兼备了梅柳之长,而舍去了梅柳之短。

最可爱的是它的花，那对于炎阳的直射毫不避易的深红色的花。单办的已够陆离,双办的更为华贵,那可不是夏季的心脏吗?

单那小茄形的骨朵已经就是一种奇迹了。你看它逐渐翻红,逐渐从顶端整裂为四瓣,任你用怎样犀利的劈刀也都劈不出那样的匀称,可是谁用红玛瑙琢成了那样多的花瓶儿,而且还精巧地插上了花?

单瓣的花虽没有双瓣者的豪华，但它却更有一段妙幻的演艺，红玛瑙的花瓶儿由希腊式的安普剌[1]变为中国式的金罍,殷、周时古味盎然的一种青铜器。博古家所命名的各种锈彩,它都是具备着的。

你以为它真是盛酒的金罍吗?它会笑你呢。秋天来了,它对于自己的戏法好象忍俊不禁地,破口大笑起来,露出一口的皓齿。那样透明光嫩的皓齿你在别的地方还看见过吗?

我本来就喜欢夏天。夏天是整个宇宙向上的一个阶段,在这时使人的身心解脱尽重重的束缚。因而我更喜欢这夏天的

---

① 作者原注:是英文ampulla的音译,即一种尖底胆瓶。

心脏。

有朋友从昆明回来，说昆明石榴特别大，子粒特别丰腴，有酸甜两种，酸者味更美。

禁不住唾津的潜溢了。

竹阴读画

傅抱石[①]的名字,近年早为爱好国画,爱好美术的人所知道了的。

我的书房里挂着他的一幅《桐阴读画》,是去年十月十七日,我到金刚坡下他的寓所中去访问的时候,他送给我的。七株大梧桐树参差的挺在一幅长条中,前面一条小溪,溪中有桥,桥上有一扶杖者,向桐阴中的人家走去。家中轩豁,有四人正展观画图。其上仿佛书斋,有童子一人抱画而入。屋后山势壮拔,有瀑布下流。桐树之间,补以绿竹。

图中自地甚少,但只觉一望空阔,气势苍沛。

来访问我的人,看见这幅画都说很好,我相信这不会是对于我的谀辞。但别的朋友,尽管在美术的修养上,比我更能够鉴赏抱石的作品,而我在这幅画上却享有任何人所不能得到的画外的情味。

三十二年十月十七日沫若先生惠临金刚坡下山斋,入蜀后最上光辉也。……

---

① 傅抱石(1904—1965),江西新余人。画家、美术教育家。

抱石在画上附题了几行以为纪念，这才真是给与了我“最上光辉”。

我这一天日记是这样记着的。

十月十七日，星期日。

早微雨，未几而霁，终日昙。因睡眠不足，意趣颇郁塞。……

十时顷应抱石之约，往访之，中途遇杜老[1]，邀与同往。抱石寓金刚坡下，乃一农家古屋，四围竹丛稠密，颇饶幽趣。展示所作画多幅，意思渐就豁然。更蒙赠《桐阴读画图》一帧，美意可感。

夫人时慧女士享以丰盛之午餐。食时谈及北伐时在南昌城故事。时慧女士时在中学肄业，曾屡次听余讲演云。

立群[2]偕子女亦被大世兄亲往邀来，直至午后三时，始怡然告别。……

记得过于简单，但当天的情形是还活鲜鲜地刻印在我的脑子里面的。

我自抗战还国以后，在武汉时代特别邀了抱石来参加政治部的工作，得到了他不少的帮助。武汉撤守后，由长沙而衡

---

① 即杜国庠(1889—1961)，曾用杜守素、林伯修等笔名，广东澄海人。哲学家、历史学家。

② 即于立群(1916—1979)，原籍广西贺县，生于北京。作者的夫人。

阳,而桂林,而重庆,抱石一直都是为抗战工作孜孜不息的。回重庆以后,政治部分驻城乡两地,乡部在金刚坡下,因而抱石的寓所也就定在了那儿。后来抱石回到教育界去了,但他依然舍不得金刚坡下的环境,没有迁徙。据我所知,他在中大或艺专任课,来往差不多都是步行的。

我是一向象候鸟一样,来去于城乡两地的人,大抵暑期在乡下的时候多,雾季则多住在城里。在乡时,抱石虽常相过从,但我一直没有到他寓里去访问过,去年的十月十七日是唯一的一次。

我初以为相隔得太远,又加以路径不熟,要找人领路未免有点麻烦,待到走动起来,才晓得并不那么远。在中途遇着杜老,邀他同行;他是识路的,便把领路的公役遣回去了。

杜老抱着一部《淮南子》[①],正准备去找我,因为我想要查一下《淮南子》里面关于秦始皇筑驰道的一段文字。

我们在田埂上走着,走向一个村落。金刚坡的一带山脉,在右手绵亘着,蜿蜒而下的公路,历历可见。我们是在山麓的余势中走着的。

走不上十分钟光景吧,已经到了村落的南头。这儿我在前是走到过的,但到这一次杜老告诉我,我才知道村落也就叫金刚坡。有溪流一道,水颇湍急,溪畔有一二家面坊,作业有声。溪自村的两侧流绕至村的南端,其上有石桥,名龙凤桥。过桥,再沿溪西南行,不及百步,便有农家一座,为丛竹所拥护,葱茏于右侧。杜老指出道,那便是抱石的寓所了。

---

① 西汉淮南王刘安及其门客编撰。《汉书·艺文志》著录内篇21篇,外篇33篇,今存内篇。

相隔得这样近,我真是没有想出。而且我在几天前的重九登高的时候，分明是从这儿经过过的，那真可算是“过门而不入”[①]了。

竹丛甚为稠密,家屋由外面几乎不能看出。走入竹丛后照例有一带广场,是晒稻子的地方,横长而纵狭。屋颇简陋并已朽败。背着金刚坡的山脉,面临着广场,好象是受尽了折磨的一位老人一样。

抱石自屋内笑迎出来了，他那苍白的脸上涨漾着衷心的喜悦。他把我们引进了屋内。就是面临着广场的一进厅堂,为方便起见,用篱壁隔成了三间。中间便是客厅,而兼着过道的使用,实在不免有些逼窄。这固然是抗战时期的生活风味,然而中国艺术家的享受就在和平时期似乎和这也不能够相差得很远。

我们中国人的嗜好颇有点奇怪,画一定要古画才值钱,人一定要死人才贵重。对于活着的艺术家的优待,大约就是促成他穷死,饿死,病死,愁死,这样使得他的人早点更贵重些,使得他的画早点更值钱些的吧？精神胜于物质的啦,可不是!

抱石,我看是一位标准的中国艺术家,他多才多艺,会篆刻,又会书画,长于文事,好饮酒,然而最典型的,却是穷,穷,第三个字还是穷。我认识他已经十几年了,他的艺术虽然已经进步得惊人,而他的生活却丝毫也没有改进。“穷而后工”[②]的话,大约在绘事上也是适用的吧？

抱石把他所有的制作都抱出来给我看了，有的还详细的

---

① 语出《孟子·滕文公上》:“禹八年于外,三过其门而不入”。

② 语出欧阳修《梅圣俞诗集序》:“然则非诗之能穷人,殆穷者而后工也。”

我是一向象候鸟一样，
来去于城乡两地的人，
大抵暑期在乡下的时候多，
雾季则多住在城里。

为我说明。我不是鉴赏的事，只是惊叹的事。的确也是精神胜于物质，那样苍白色的显然是营养不良的抱石，那来这样绝伦的精力呵？几十张的画图在我眼前就象电光一样闪耀，我感觉着那矮小的农家屋似乎就要爆炸。

抱石有两位世兄，一位才满两岁的小姐。大世兄已经十岁了，很秀气，但相当孱弱，听说专爱读书，学校里的先生在担心他过于勤黾了。他也喜欢作画，我打算看他的画，但他本人却不见了。隔了一会他回来了，接着，立群携带着子女也走进来了，我才知道大世兄看见我一个人来寓，他又跑到我家里去把她们接来了的。

时慧夫人做了很多的菜来款待，喝了一些酒，谈了一些往事。我们谈到在日本东京时的情形。我记得有一次在东京中野留学生监督周慧文家里晚餐，酒喝得很多，是抱石亲自把我送到田端驿才分手的。抱石却把年月日都记得很清楚，他说是："二十三年二月三日，是旧历的大除夕。"

抱石在东京时曾举行过一次展览会，是在银座的松坂屋，开了五天，把东京的名人流辈差不多都动员了。有名的篆刻家河井仙郎，画家横山大观，书家中村不折，帝国美术院院长正木直彦，文士佐藤春夫辈，[①]都到了场，有的买了他的图章，有的买了他的字，有的买了他的画。虽然收入并不怎么可观，但

---

① 河井仙郎(1871—1945)，号木僊、荃庐，日本篆刻家。清末曾到中国，师事吴昌硕。有《荃庐印谱》上、下、续三册刊行于世。横山大观(1868—1958)，日本画家。中村不折(1866—1943)，日本洋画家、书法家。正木直彦(1862—?)，曾任日本帝国美术院院长，东京美术学校校长。佐藤春夫(1892—1964)，日本作家。主要作品有《田园的忧郁》《都会的忧郁》等。

替中国人确实是吐了一口气。

我去看他的个展时是第二天，正遇着横山大观在场，有好些随员簇拥着他，那种飘飘然的傲岸神气，大有王侯的风度。这些地方，日本人的习尚和我们有些不同。横山大观也不过是一位画家而已。他是东京人，自成一派，和西京的巨头竹内栖凤[①]对立，标榜着“国粹”，曾经到过意大利，和墨索里尼[②]拉手。他在日本画坛的地位真是有点煊赫。自然，日本也有的是穷画家，但画家的社会比重要来得高些，一般是称为“画伯”的。

抱石在东京个展上摄了一些照片，其中有几张我题的诗，有一张我自己在看画时的背影。他拿出来给我们看了，十年前的往事活呈到了眼前，颇有一种难以言喻的情趣。

我劝抱石再开一次个展，他说他有这个意思，但能卖出多少却没有一定的把握。是的，这是谁也不敢保险的。不过我倒有胆量向一般有购买力的社会人士推荐；因为毫无问题，在将来抱石的画是会更值钱的。

午饭过后杂谈了一些，李可染和高龙生[③]也来了，可染抱了他一些近作来求抱石品评。抱石又把自己的画拿出来，也让二位鉴赏了。在我告辞的时候，他捡出三张画来，要我自己选一张，他决意送我，我有点惶恐起来。别人的宝贵制作，我怎好一个人据为私有呢？我也想到在日本时，抱石也曾经送过我一

---

① 竹内栖凤(1864—1942)，日本传统画家，曾为西部日本画坛的指导人物。

② 墨索里尼(B. Mussolini，1883—1945)，意大利法西斯党党魁，第二次世界大战的主要战犯之一。

③ 李可染，1907年生，江苏徐州人。国画家、美术教育家。高龙生(1903—1977)，山东蓬莱县人。漫画家。

张,然而那一张是被抛弃在日本的。旧的我都不能保有,新的我又怎能长久享受呢?我不敢要,因而我也就不敢选。然而抱石自己终把这《桐阴读画》选出来,题上了字,给了我。

真是值得纪念的“三十二年十月十七日”!

抱石送我们出了他的家,他指着眼前的金刚坡对我说。“四川的山水四处都是画材,我大胆地把它采入了我的画面,不到四川来,这样雄壮的山脉我是不敢画的。”

——“今天的事情,你可以画一幅‘竹阴读画’图啦,读画的人不是古装的,而是穿中山装的高龙生、李可染、杜守素、郭沫若,还有夫人和小儿女。”我这样说着。

大家都笑了。大家也送着我们一直走出了竹林外来。

当到分手的时候,抱石指着时慧夫人所抱的二岁的小姐对我们说:“这小女儿最有趣,她左边的脸上有一个很深的笑窝,你只要说她好看,她非常高兴。”

真的,小姑娘一听到父亲这样说,她便自行指着她的笑窝了,真是美,真是可爱得很。

时间很快的便过去了,在十月十七日后不久,我们便进了城;虽然住在被煤烟四袭的破楼房里,但抱石的《桐阴读画》却万分超然的挂在我的壁上。任何人看了都说这幅画很好,但这十月十七日一天的情景,非是身受者是不能从这画中读出来的。因而我感觉着值得夸耀,我每天都接受着“最上光辉”。

论郁达夫

我这篇小文不应该叫作“论”，只因杂志的预告已经定名为“论”，不好更改，但我是只想叙述我关于达夫的尽可能的追忆的。

我和郁达夫相交远在一九一四年。那时候我们都在日本，而且是同学同班。

那时候的中国政府和日本有五校官费的协定，五校是东京第一高等学校，东京高等师范学校，东京高等工业学校，千叶医学校，山口高等商业学校。凡是考上了这五个学校的留学生都成为官费生。日本的高等学校等于我们今天的高中，它是大学的预备门。高等学校在当时有八座，东京的是第一座，在这儿有为中国留学生特设的一年预备班，一年修满之后便分发到八个高等学校去，和日本人同班，三年毕业，再进大学。我和达夫同学而且同班的，便是在东京一高的预备班的那一个时期。

日本高等学校的课程在当时分为三个部门，文哲经政等科为第一部，理工科为第二部，医学为第三部。预备班也是这样分部教授的，但因人数关系，一三两部是合班教授。达夫开始是一部，后来又转到我们三部来。分发之后，他是被配在名古屋的第八高等，我是冈山的第六高等，但他在高等学校肄业中,又回到一部去了。后来他是从东京帝国大学的政治经济学部毕业,我是由九州帝国大学医学部毕业的。

达夫很聪明,他的英文、德文都很好,中国文学的根底也很深,在预备班时代他已经会做一手很好的旧诗。我们感觉着他是一位才士。他也喜欢读欧美的文学书,特别是小说,在我们的朋友中没有谁比他更读得丰富的。

在高等学校和大学的期间,因为不同校,关于他的生活情形,我不十分清楚。我们的友谊重加亲密了起来的是在一九一八年以后。

一九一八年的下半年我已被分发到九州帝国大学，住在九州岛的福冈市。适逢第六高等学校的同学成仿吾,陪着他的一位同乡陈老先生到福冈治疗眼疾,我们同住过一个时期。我们在那时有了一个计划，打算邀集一些爱好文学的朋友来出一种同人杂志。当时被算在同人里面的便有东京帝大的郁达夫,东京高师的田汉,熊本五高的张资平,京都三高的郑伯奇等。这就是后来的创造社的胎动时期。创造社的实际形成还是在两年之后的。

那是一九二〇年的春天，成仿吾在东京帝国大学造兵科研究了三年,该毕业了,他懒得参加毕业考试,在四月一号要提前回国。我自己也因为听觉的缺陷,搞医学搞得不耐烦,也决心和仿吾同路。目的自然是想把我们的创造梦实现出来。那时候达夫曾经很感伤地写过信来给我送行，他规戒我回到上海去要不为流俗所污,而且不要忘记我抛别在海外的妻子。这信给我的铭感很深,许多人都以为达夫有点“颓唐”,其实是皮相的见解。记得是李初梨说过这样的话:“达夫是摩拟的颓唐派,本质的清教徒”。这话最能够表达了达夫的实际。

在创造社的初期达夫是起了很大的作用的。他的清新的笔调，在中国的枯槁的社会里面好象吹来了一股春风，立刻吹醒了当时的无数青年的心。他那大胆的自我暴露，对于深藏在千年万年的背甲里面的士大夫的虚伪，完全是一种暴风雨式的闪击，把一些假道学、假才子们震惊得至于狂怒了。为什么？就因为有这样露骨的真率，使他们感受着作假的困难。于是徐志摩"诗哲"们便开始痛骂了。他说：创造社的人就和街头的乞丐一样，故意在自己身上造些血脓糜烂的创伤来吸引过路人的同情。这主要就是在攻击达夫。

达夫在暴露自我这一方面虽然非常勇敢，但他在迎接外来的攻击上却非常脆弱。他的神经是太纤细了。在初期创造社他是受攻击的一个主要对象。他很感觉着孤独，有时甚至伤心。记得是一九二一年的夏天，我们在上海同住。有一天晚上我们同到四马路的泰东书局去，顺便问了一下在五月一号出版的《创造》季刊创刊号的销路怎样。书局经理很冷淡地答应我们："二千本书只销掉一千五。"我们那时共同生出了无限的伤感，立即由书局退出，在四马路上接连饮了三家酒店，在最后一家，酒瓶摆满了一个方桌。但也并没有醉到泥烂的程度。在月光下边，两人手牵着手走回哈同路的民厚南里。在那平滑如砥的静安寺路上，时有兜风汽车飞驰而过。达夫曾突然跑向街心，向着一辆飞来的汽车，以手指比成手枪的形式，大呼着："我要枪毙你们这些资本家"！

当时在我，我是感觉着："我们是孤竹君之二子"。

胡适攻击达夫的一次，使达夫最感着沉痛。那是因为达夫指责了余家菊[1]的误译，胡适帮忙误译者对于我们放了一次冷箭。当时我们对于胡适倒并没有什么恶感。我们是“异军苍头突起”，对于当时旧社会毫不妥协，而对于新起的不负责任的人们也不惜严厉的批评，我们万没有想到以“开路先锋”自命的胡适竟然出以最不公平的态度而向我们侧击。这事在胡适自己似乎也在后悔，他自认为轻易地树下了一批敌人。[2]但经他这一激刺，倒也值得感谢，使达夫产生了一篇名贵一时的历史小说，即以黄仲则为题材的《采石矶》[3]。这篇东西的出现，使得那位轻敌的“开路先锋”也确切地感觉到自己的冒昧了。

胡适在启蒙时期有过些作用，我们并不否认。但因出名过早，而膺誉过隆，使得他生出了一种过分的自负心，这也是无可否认的实情。他在文献的考证上下过一些工夫，但要说到文学创作上来，他始终是门外汉。然而他的门户之见却是很森严的，他对创造社从来不曾有过好感。对于达夫，他们后来虽然也成为了“朋友”，但在我们第三者看来，也不象有过什么深切的友谊。

我在一九二〇年一度回到上海之后，感觉着自己的力薄，文学创作的时机并未成熟，便把达夫拉回来代替了我，而我又各自去搞医学去了。医学搞毕业是一九二三年春，回到上海和

---

① 余家菊(1898—1976)，字渊，湖北黄陂人。1925年加入中国青年党。曾任《醒狮》编辑。著有《国家主义概论》等。

② 作者原注：他后来曾经写过一封信来，向我缓和，似道歉而又非道歉的。

③ 黄仲则(1749—1783)，字汉镛，江苏武进人。清代诗人。著有《两当轩全集》。《采石矶》，郁达夫的历史小说，发表于1923年《创造》季刊第1卷第4期。

达夫、仿吾同住。仿吾是从湖南东下,达夫是从安庆的法政学校解了职回来。当时我们都是无业的人,集中在上海倒也热烈地干了一个时期。《创造》季刊之后,继以《创造周报》《创造日》,还出了些丛书,情形和两年前大不相同了。但生活却是窘到万分。

一九二三年秋天北大的陈豹隐教授要往苏联,有两小时的统计学打算请达夫去担任,名份是讲师。达夫困于生活也只得应允,便和我们分手到了北平。他到北平以后的交游不大清楚,但我相信"朋友"一定很多。然以达夫之才,在北平住了几年,却始终是一位讲师,足见得那些"朋友"对于他是怎样的重视了。

达夫的为人坦率到可以惊人,他被人利用也满不在乎,但事后不免也要发些牢骚。《创造周报》出了一年,当时销路很好,因为人手分散了,而我自己的意识已开始转换,不愿继续下去,达夫却把这让渡给别人作过一次桥梁,因而有所谓创造社和太平洋社合编的《现代评论》出现。但用达夫自己的话来说,他不过是被人用来点缀的"小丑"而已。

达夫一生可以说是不得志的一个人,在北大没有当到教授,后来(一九二四年初)同太平洋社的石瑛[①]到武大[②]去曾经担任过教授,但因别人的政治倾向不受欢迎而自己受了连累,不久又离开了武汉。这时候我往日本去跑了一趟又回到了上

---

① 石瑛(约1879—1943),湖北阳新人。曾先后赴欧学习海军和采矿冶金,归国后任教于北京大学。后任国民政府南京市市长和考试院铨叙部部长等职。

② 指当时的武昌大学。

海来。上海有了“五卅”惨案发生，留在上海的创造社的小朋友们不甘寂寞，又搞起《洪水》半月刊来，达夫也写过一些文章。逐渐又见到创造社的复活。直到一九二六年三月我接受了广州大学文学院长的聘，又才邀约久在失业中的达夫和刚从法国回国的王独清同往广州。

达夫应该是有政治才能的，假如让他做外交官，我觉得很适当。但他没有得到这样的机会。他的缺点是身体太弱，似乎在二十几岁的时候便有了肺结核，这使他不能胜任艰剧。还有一个或许也是缺点，是他自谦的心理发展到自我作贱的地步。爱喝酒，爱吸香烟，生活没有秩序，愈不得志愈想伪装颓唐，到后来志气也就日见消磨，遇着什么棘手的事情，便萌退志。这些怕是他有政治上的才能，而始终未能表现其活动力的主要原因吧。

到广州之后只有三个月工夫，我便参加了北伐。那时达夫回到北平去了，我的院长职务便只好交给王独清代理。假使达夫是在广州的话，我毫无疑问是要交给他的。这以后我一直在前方，广州的情形我不知道。达夫是怎样早离开了广州回到上海主持创造社，又怎样和朋友们生出意见闹到脱离创造社，详细的情形我都不知道。在他宣告脱离创造社以后，我们事实上是断绝了交往，他有时甚至骂过我是“官僚”。但我这个“官僚”没有好久便成了亡命客，我相信到后来达夫对于我是恢复了他的谅解的。

一九二八年二月到日本去亡命，这之后一年光景，创造社

---

① 王映霞，1908年生，浙江杭州人。郁达夫妻，1940年5月在新加坡与郁达夫离异。

被封锁。亡命足足十年,达夫和我没有通过消息。在这期间的他的生活情形我也是不大清楚的。我只知道他和王映霞[1]女士结了婚,创作似乎并不多,生活上似乎也不甚得意。记得有一一次在日本报上看见过一段消息,说暨南大学打算聘达夫任教授,而为当时的教育部长王世杰[1]所批驳,认为达夫的生活浪漫,不足为人师。我感受着异常的惊讶。

就在芦沟桥事变前一年(一九三六年)的岁暮,达夫忽然到了日本东京,而且到我的寓所来访问。我们又把当年的友情完全恢复了。他那时候是在福建省政府做事情,是负了什么使命到东京的,我已经不记忆了。他那时也还有一股勃勃的雄心,打算到美国去游历。就因为他来,我还叨陪着和东京的文人学士们周旋了几天。

次年的五月,达夫有电报给我,说当局有意召我回国,但以后也没有下文。七月芦沟桥事变爆发了,我得到大使馆方面的谅解和暗助,冒险回国。行前曾有电通知达夫,在七月十七日到上海的一天,达夫还从福建赶来,在码头上迎接着我。他那时对于当局的意态也不甚明了,而我也没有恢复政治生活的意思,因此我个人留在上海,达夫又回福建去了。

一九三八年,政治部在武汉成立,我又参加了工作。我推荐了达夫为设计委员,达夫挈眷来武汉。他这时是很积极的,曾经到过台儿庄和其它前线劳军。不幸的是他和王映霞发生了家庭纠葛,我们也居中调解过。达夫始终是挚爱着王映霞的,但他不知怎的,一举动起来使不免不顾前后,弄得王映霞

---

① 作者原注:这人是太平洋社的一位头子,利用过达夫和创造社的招牌来办《现代评论》的。

十分难堪。这也是他的自卑心理在作祟吧？后来他们到过常德，又回到福州，再远赴南洋，何以终至于乖离，详细的情形我依然不知道。只是达夫把他们的纠纷做了一些诗词，发表在香港的某杂志上。那一些诗词有好些可以称为绝唱，但我们设身处地替王映霞作想，那实在是令人难堪的事。自我暴露，在达夫仿佛是成为一种病态了。别人是“家丑不可外扬”，而他偏偏要外扬，说不定还要发挥他的文学的想象力，构造出一些莫须有的“家丑”。公平地说，他实在是超越了限度。暴露自己是可以的，为什么要暴露自己的爱人？这爱人假使是旧式的无知的女性，或许可无问题，然而不是，故所以他的问题弄得来不可收拾了。

达夫到了南洋以后，他在星岛编报，许多青年在文学上受着他的熏陶，都很感激他。南太平洋战事发生后，星加坡沦陷，达夫的消息便失掉了。有的人说他已经牺牲，有的人说他依然健在，直到最近才得到确实可靠的消息，他已经不在人世了。

十天前，达夫的一位公子郁飞来访问我，他把沈兹九[1]写给他的回信给我看，并抄了一份给我，他允许我把它公布出来。凡是达夫的朋友，都是关心着达夫的生死的，一代的文艺战士假使只落得一个惨淡的结局，谁也会感觉着悲愤的吧？

郁飞小朋友：

信早收到。因为才逃难回来，所以什么事情都得从头理起，忙得很，到今天才复你，你等得很着急了吧。

---

① 沈兹九，1898年生，浙江德清人。胡愈之夫人。曾任《妇女生活》杂志主笔、上海《申报》副刊《妇女园地》编辑。

你爸爸是在日本人投降后一个星期才失踪的，到现在还没有回来，大约是凶多吉少了。关于你爸爸的事是这样：在星加坡沦陷前五天，我们一同离开星加坡到了苏门答腊附近小岛上，后来又溜进了苏门答腊。那时我们大家都改名换姓，化装了生意人，谁也不知道我们的来历。有一次你爸爸不小心，讲了几句日本话，就被日本宪兵来抓去，强迫他当翻译。他没有办法，用“赵廉”这个假名在苏岛宪兵部工作了六个月。在这期间，他用尽方法掩护自己，同时帮忙华侨，所以他给当地华侨印象极好。他在逃难中间的生活很严肃。那时我们也在同一个地方，不过我们住的是乡下。他常常偷偷地来看我们，告诉我们日本人的种种暴行，所以他非常恨日本人。后来，他买通了一个医生，说有肺病不得不辞职，日本人才准了他。

一年半以后，星加坡来了一个汉奸，据告日本宪兵，说他在做国际间谍。当地华侨为这事被捕的很多，日本人想从华侨身上知道你爸爸是否真有间谍行为，结果谁也说没有；所以仍能平安无事。在这事发生以前，我们因为邵宗汉先生和王任叔伯伯在棉兰，要我们去，我们就去棉兰了。他和汪金丁先生和其他的朋友在乡间开了一间酒店，生意很好，就此维持生活。

直到日本人投降后，他想从此可以重见天日了，谁知一天夜里，有一个人来要求他帮忙一件事情，他就随便趿了一双木屐从家里走出，就此一去不返。至于来诱他出去的人那是谁，现在还不清楚，大约总是日本人。我们为了这事从棉兰赶回苏，多方面打听，毫无结果。以后我们到了星加坡，又报告了英军当局，他们只说叫当地日本人去查(到现在,那里还是日军维持秩序),那会有呢?

问题是在此:日本降后,照例兵士都得回国,而宪兵是战犯,要在当地听人民控告的。人民控告时,要有人证物证,你爸爸是最好的人证,所以他们要害死他了。而他当时没有想到这一层;没有早早离开,反而想在当地做一番事业。

你不要哭,在这几年当中,你爸爸很勇敢,很坚决,这在你也很有荣誉的。况且人总有一死的呀,希望你努力用功! 再会。

你的大朋友　沈兹九

看到这个“凶多吉少”的消息,达夫无疑是不在人世了。这也是生为中国人的一种凄惨,假使是在别的国家,不要说象达夫这样在文学史上不能磨灭的人物,就是普通一个公民,国家都要发动她的威力来清查一个水落石出的。我现在只好一个人在这儿作些安慰自己的狂想。假使达夫确实是遭受了苏门答腊的日本宪兵的屠杀,单只这一点我们就可以要求把日本的昭和天皇拿来上绞刑台! 英国的加莱尔[①]说过“英国宁肯失掉印度,不愿失掉莎士比亚”;我们今天失掉了郁达夫,我们应该要日本的全部法西斯头子偿命! ……

实在的,在这几年中日本人所给予我们的损失,实在是太

---

① 加莱尔(T. Carlyle,1795—1881),通译卡莱尔,英国作家、哲学家。著有《宪章运动》《英雄与英雄崇拜》等。

大了。但就我们所知道的范围内,在我们的朋辈中,怕应该以达夫的牺牲为最惨酷的吧。达夫的母亲,在往年富春失守时,她不肯逃亡,便在故乡饿死了。[1]达夫的胞兄郁华(曼陀)先生,名画家郁风的父亲,在上海为伪组织所暗杀。夫人王映霞离了婚,已经和别的先生结合。儿子呢?听说小的两个在家乡,大的一个郁飞是靠着父执的资助,前几天飞往上海去了。自己呢?准定是遭了毒手。这真真是不折不扣的“妻离子散,家破人亡”!达夫的遭遇为什么竟要有这样的酷烈!

我要哭,但我没有眼泪。我要控诉,向着谁呢?遍地都是圣贤豪杰,谁能了解这样不惜自我卑贱以身饲虎的人呢?不愿再多说话了。达夫,假使你真是死了,那也好,免得你看见这愈来愈神圣化了的世界,增加你的悲哀。

---

① 1937年12月,侵陷富阳的日军强迫郁达夫的母亲陆氏驮运货物,郁母于夜间躲入住宅夹壁中,同月三十一日终因冻饿致死。

罗曼·罗兰悼词

罗曼·罗兰先生,你是一位人生的成功者,你现在虽然休息了,可你是永远存在着的。你不仅是法兰西民族的夸耀,欧罗巴的夸耀,而是全世界、全人类的夸耀。你的一生,在精神生产上的多方面的努力,对于人类的贡献非常的宏大,人类是会永远纪念着你的。你将和历史上各个民族各个时代的伟大的灵魂们,象太空中的星群一样,永远在我们人类的头上照耀。

罗曼·罗兰先生,在二十年前你的杰作《约翰·克里斯朵夫》初次介绍到中国来的时候,你曾经向我们中国作家说过这样的话:“我不认识欧洲和亚洲,我只知道世界上有两种民族——一种是上升,一种是下降。上升的民族是忍耐、热烈、恒久而勇敢地趋向光明的人们——趋向一切的光明:学问、美、人类爱、公众进步;而在另一方面的下降的民族是压迫的势力,是黑暗、愚昧、懒惰、迷信和野蛮。”你说,只有上升的民族是你的朋友,你的同志,你的弟兄。你说,你的祖国是自由的人类。这些话对于我们中国的文艺工作者是给予了多么正确的指示,多么有力的鼓励呀!

在今天的世界,正是这两种民族斗争着生死存亡的时候。你所说的上升的民族就是我们代表正义、人道的民主阵线,你所说的下降的民族就是构成轴心势力的法西斯蒂。一边是赴汤蹈火，视死如归，牺牲自己的一切以解救人类的困厄；另一边是奴役、饥饿、活埋、杀人工场、毒气车、庞大的集中营，一个鬼哭狼嚎的活地狱。但今天，上升的不断地上升，下降的不断地下降，光明终竟快要把黑暗征服了。我们要使全人类都不断地上升，全世界成为自由人类的共同祖国。

罗曼·罗兰先生，你伟大的法兰西民族的儿子，当你看到法兰西民族又恢复了她的光荣的自由，而你自己在这时候终结了你七十九年的人生旅程，在你那肃穆的容颜上，怕必然表露出了一抹更加肃穆的微笑的吧？但当你想到你的朋友，你的同志，你的兄弟的好些民族，依然还呻吟在法西斯蒂的控制下边没有得到自由，在和死亡、饥饿、奴役、恐怖作决死的斗争，在你那肃穆的容颜上，怕也必然表露出了一抹更加肃穆的悲愤的吧？

但是，罗曼·罗兰先生，伟大的人类爱的使徒，你请安息吧。上升的要不断地自求上升，下降的要不断地使它下降，我们要以一切为了人类解放而英勇地战斗着的民族为模范，我们要不避任何的艰险，尽力趋向一切的光明。不避任何的艰险，尽力和黑暗、愚昧、残忍、凶暴的压迫势力、法西斯蒂、现世界的魔鬼，搏斗！我们中国是绝对不会灭亡的，人类是必然要得到解放的，法西斯魔鬼们是必然要消灭的！但是，罗曼·罗兰先生，伟大的人类爱的使徒，你请安息吧。

罗曼·罗兰先生，你请安息吧。我们中国的文艺工作者们，更一定要以你为模范，要象你一样，把“背后的桥梁”完全斩断，不断地前进，决不回头；要象你一样，始终走着民主的大道，把自己的根须深深插进黑土里面去，从人民大众吸收充分的营养,再从黑土里面生长出来。我们一定要依照你的宝贵指示:“每天早上,我们都得把新的工作担当起来,把前一天开始的斗争继续下去。……对于错误,对于不公正,对于死,我们必须不断地力争,为着更大的更大的胜利。”

悼闻一多

十一日李公朴遭难，十五日闻一多遇害，同在昆明，同是领导民主运动的朋友，同遭美械凶徒的暗杀。这里毫无疑问是有组织有计划的白色恐怖的阴谋摆布。下手人看起来好象是疯狂了，但其实只是一二人在暗里发纵指使。那发纵指使者的一二人，象闻一多这样自由主义的学者，竟连同他的长公子一道，都要用卑劣无耻的政治暗杀的手段来谋害，不真是已经到了绝望的绝顶吗？

谁都知道，一多出身于清华大学，是受了美国式的教育的。当他在美国留学的期间，曾经写过很多有规律的新诗，他的成就远超过徐志摩[①]的成就。他虽然和创造社发生过关系，他的诗集《红烛》是由我介绍给泰东书局出版，但他从不曾有过左倾的嫌疑。回国以后一直从事于大学教育，诗虽然不再写了，而关于卜辞、金文及先秦文献的研究，成了海内有数的专家。他所走的路，不期然地和我有些类似，但我们的相见，却只有两回。一回是在抗战初期的汉口，一回是在去年七月我赴苏

---

① 徐志摩(1897—1931)，名章垿，初字槱森，留学美国时改字志摩，浙江海宁人。诗人，“新月派”主要代表作家。著有《志摩的诗》《翡冷翠的一夜》等。

联时所路过的昆明。没想出昆明一别便成了永别了。在先秦文献的研究上,一多的成绩是很惊人的。《楚辞校补》得过教育部的二等奖金,读过这部著作的人,谁个不惊叹他的方法的缜密,见解的新颖,收获的丰富,完全是王念孙父子再来?我所见到的,关于《庄子内篇》的校记及若干《诗经》的今译,也无不独具只眼,前无古人。他还有很多的腹稿待写,然而今天却是永远遗失了。这是多么严重的损失呀!

谁都知道,由于政治的不民主,中国招致了九年的外寇,弄得来几乎亡国。这是国内外所共同承认的事实。爱国的文人学者们不忍坐视国家的沦亡,同时更认识到国难的症结之所在,故起而要求民主,要求政治改变作风,这仅仅是最近两三年来的事。一多之参加了民主运动,也正是在这个潮流中有良心的学者的爱国行为,难道这就是犯了该死的罪吗?有一部分人的偏见,认为学者文人根本不应该过问政治,然而政治恶化到了今天,连学者文人都不能不起来过问了,这到底应该谁个负责?孙中山所拟议的国民代表大会,连学生都应该有代表参加的,谁个说学者文人们便不该过问政治?而且今天的学者文人们对于政治的要求,只是作为一个民国人民的最低限度的条件,我们要求民主,要求人民权利的保障,要求废弃独裁,废弃一党专政,难道这便行同不轨吗?

谁都知道靠着盟邦的协助,日本投降了,我们幸而免掉了亡国之痛。亡羊补牢,尚未为晚。我们正应该力改前非,及早废弃独裁,废弃一党专政,实行民主,从事建设,以图整个国家的现代化。这也正是我们人民今天普遍的要求,国内国外都是认为合理而且合法的,没有一丝一毫逾越了限度。然而有权责的人却充耳不闻,熟视无睹,不仅不依从人民的意愿,反而倒行逆施，变本加厉，在遍地灾荒、漫天贪墨、万民涂炭、百业破产的时候，却偏偏进行着大规模的内战。而镇压人民的反对，竟不惜采用最卑劣无耻的手段来诛锄异己。不用多说，李公朴和闻一多两位，都是在这样违背人民的反动机构之下遭受了暗杀的。今天我们看得很明显，凡是要求民主、要求人民权利的人便应该杀；凡是要求废弃独裁、要求废弃一党专政的便是罪人。有心肝的人们看，今天的中国究竟成了一个什么世界！是群众便遭美械师剿灭，是个人便遭美械特务暗杀，今天我们也有权利，请美国有心肝的人公平地看一看，看他们给予我们的援助方式，究竟是收到了怎样的效果！

枉然的，用恐怖政策来镇压人民。历史替我们证明，谁也没有成功过！恐怖不属于我们，恐怖是属于执行恐怖政策者的。人民今天已经到了死里求生的时候了，为民请命的李公朴和闻一多是从献身中得到了永生。李公朴遇难的时候，闻一多说：李公朴没有死。闻一多今天又遇难了，我也敢于说。闻一多没有死。死了的是那些失掉了人性、执行恐怖政策的一二人，他们是死了一个万劫不复的死！

历史·史剧·现实

一

我是喜欢研究历史的人，我也喜欢用历史的题材来写剧本或者小说。这两项活动，据我自己的经验，并不完全一致。

历史的研究是力求其真实而不怕伤乎零碎，愈零碎才愈逼近真实。史剧的创作是注重在构成而务求其完整，愈完整才愈算得是构成。

说得滑稽一点的话，历史研究是“实事求是”，史剧创作是“失事求似”。

史学家是发掘历史的精神，史剧家是发展历史的精神。

史学家是凸面镜，汇集无数的光线，凝结起来，制造一个实的焦点。史剧家是凹面镜，汇集无数的光线，扩展出去，制造一个虚的焦点。

史有佚文，史学家只能够找，找不到也就只好存疑。史有佚文，史剧家却需要造，造不好那就等于多事。

古人的心理，史书多缺而不传，在这史学家搁笔的地方，便须得史剧家来发展。

历史并非绝对真实，实多舞文弄墨，颠倒是非，在这史学家只能纠正的地方，史剧家还须得还它一个真面目。

史学家和史剧家的任务毕竟不同,这是科学与艺术之别。

二

自然，史剧既以历史为题材，也不能完全违背历史的事实。

大抵在大节目上,非有正确的研究,不能把既成的史案推翻。但因有正确的研究而要推翻重要的史案,却是一个史剧创作的主要动机。

故尔,创作之前必须有研究,史剧家对于所处理的题材范围内,必须是研究的权威。

关于人物的性格、心理、习惯、时代的风俗、制度、精神,总要尽可能的收集材料,务求其无懈可击。

优秀的史剧家必须得是优秀的史学家,反过来说,便不必正确。

三

然而有好些史学专家或非专家，对于史剧的创作每每不大了解,甚至连有些戏剧专家或非戏剧专家,也有些似是而非的妙论。

他们以为史剧第一要不违背史实，但他们却没有更进一步去追求:所谓史实究竟是不是真实。

对于史剧的批评,应该在那剧本的范围内,问它是不是完整。全剧的结构、人物的刻画、事件的进展、文辞的锤炼,是不是构成了一个天地。

假使它是对于历史的翻案,那就要看它翻案的理由,你不能一开口便咬定它不合乎史实。

譬如我们写杨秀清，作为叛逆见于清人纪录或稗官野史上的是一回事,作为革命家在他的本质上又另外是一回事。在这儿便可以写成两个面貌。

你如看见有人把他作为革命家在描写，你却不能说这就是违背史实。

或者你看见两个人写杨秀清,一个把他写成坏蛋,一个把他写成好人,你便以为“不妥”。

先要看作家是怎样在写,写得怎样,再说自己的意见:得该怎样写,写得该怎样。

写成坏也好,写成好也好,先要看在这个剧本里面究竟写得好不好。

应该写成好还是坏,你再要拿出正见来,然后才能下出一个“不妥”。

批评家应该是公平的审判官,不是刽子手呀!

> 写历史剧就老老实实的写历史,不要去创造历史,不要随自己的意欲去支使古人。

这样根本的外行话,最好是少施教训为妙。

究竟还是亚里士多德不可及，他在两千多年前说过的话比现代的说教者们高明得无算:

> 诗人的任务不在叙述实在的事件，而在叙述可能的——依据真实性、必然性可能发生的事件。史家和诗家

写历史剧就老老实实的写历史，
不要去创造历史，
不要随自己的意欲去支使古人。

不同！

史剧家在创造剧本,并没有创造“历史”,谁要你把它当成历史呢?

四

史剧这个名称,也只是一个通俗的说法。认真说凡是世间上的事无一非史,因而所有的戏剧也无一非史剧。

“现在”,究竟在那儿?

刚动一念,刚写一字,已经成了过去。

然而有好些专家或非专家却爱把史剧和现实对立，写史剧的便被斥责为“逃避现实”或“不敢正视现实”。

“现实”这个字我们用得似乎太随便了一点。现在的事实固可以称为现实,表现的真实性也正是现实。我们现在所称道的“现实主义”无疑是指后者。

假使写作品非写现成事实不可，那吗中国的几大部小说《水浒》《西游》《三国》等等都应该丢进茅坑,《元曲》全部该烧,但丁、莎士比亚、歌德、托尔斯泰都是些混蛋。

大家都在称赞托尔斯泰的《战争与和平》,说是现实现实,但人们却忘记了他所写的是拿破仑侵略俄罗斯的“历史”。

请不要只是把脚后跟当成前脑。

五

史剧的用语有一个时期也成过问题。

有的人说应该用绝对的历史语言,这简直是有点滑稽。

谁能懂得绝对的历史语言?绝对的历史语言又从什么地方去找?

我们现代的言语在几百、千年后一部分倒是可以流传下去的,因为我们已经有录音的工具。但几百、千年前的言语呢?不要说几百、千年,就是几十、百年前也就无法恢复。

但史剧用语多少也有限制,这和任何戏剧用语都有限制是一样。

根于是现代语,不然便不能成为话剧。但是现代的新名词和语汇,则绝对不能使用。

在现代人能懂得的范围内,应该要搀进一些古语或文言,这也和写现代剧要在能懂的范围内使用一些俗语或地方语一样。不同的只是前者在表示时代性,后者在表示社会性或地方性。

写外国题材的剧或翻译,不曾听见人说过剧中人非得使用外国语不可,而写历史剧须得用历史语,真是不可思议的一种奇谈。